'우리의 버팀,

　우리의 거짓말'

2024. 여름. 　[서명]

이
중
하
나
는
거
짓
말

이중 하나는 거짓말

김애란
장편소설

문학동네

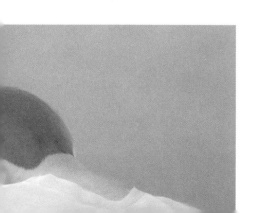

1

지우는 K시 한 파출소의 의자에 앉아 보호자를 기다렸다. 공사장 숙소에서 나와 서둘러 뛰다가 오토바이 배달 기사와 부딪치는 바람에 한바탕 소동을 치른 뒤였다. 경찰은 지우에게 부모의 연락처를 물었다. 지우는 '엄마는 최근에 돌아가셨고, 아버지는 오래전 소식이 끊겼다'고 했다. 경찰이 혹시 다른 어른은 없는지 묻자 지우는 할 수 없이 선호 아저씨에게 연락했다. 그러곤 유리문 밖, 바람에 휘청이는 2월의 겨울나무를 바라보다 그대로 잠이 들었다.

그사이 지우는 짧은 꿈을 하나 꿨다. 꿈속에서 지우는 제

앞의 빈 종이를 한참 응시했다. 지우는 뭔가 고민하다 손에 4B 연필을 쥐었다. 그러곤 오랜 시간 공들여 새를 그렸다. 어깨 힘을 이용해 대범하게 새의 윤곽을 잡고, 섬세하게 깃털 결을 살리고, 작고 까만 눈에 물기를 줬다. 언젠가 조류도감에서 본 솔새였다. 그런데 얼마 뒤 한 남자가 다가와 그 그림을 빤히 들여다보더니 기묘하게 웃으며 말했다.

　―개를 참 잘 그렸네.

　지우는 어려서부터 지우개를 좋아했다. 작고 말랑한데다 한 손에 쏙 들어오고 값도 비싸지 않아서였다. 훌쩍 키가 자란 뒤에도 지우는 종종 우울에 빠져들 때면 손에 미술용 떡 지우개를 쥐고 굴렸다. 그러면 어디선가 옅은 수평선이 나타나 가슴을 지그시 눌러주는 느낌이 들었다. 앞으로 대단히 훌륭한 사람은 될 수 없어도 그럭저럭 무난하고 무탈한 삶을 살아낼 수 있을 것 같은 기분이 일었다. 물론 그런 기분은 잠시뿐이고, 나쁜 일은 계속 일어나며, 사람들은 쉽게 잊는다는 걸 알았지만. 스스로에게 희망이나 사랑을 줄 만큼 충분히 강하지 못해 지우는 자신에게 겨우 '할일'을 줬다. 그중 하나가 연필 가루 위에 연필 가루를 얹는 일, 선 위에 또다른 선을 보태는 일이었다. 지우는 그걸 몇 시간이고 할 수 있었다.

— 옛날 옛날에, 세상에 해도 없고 달도 없고 아무것도 없던 때……

지우는 요즘 빈 종이 앞에서 계속 엄마 생각이 났다. 아기 때 엄마가 반복해 읽어준 그림책이 떠올라서였다.

— 세상에 바람도 없고 구름도 없고 아무것도 없던 때……

거실 책장 앞에서 엄마 지연이 책을 고르면 지우는 재빨리 그 앞으로 기어가 이미 여러 번 본 책을 한번 더 읽어달라 졸라댔다. 그러면 지연도 그 이야기를 처음 읽는 양 목소리를 높였다.

— 신은 밤을 만들었어요. 그러곤 뭔가 허전해 고민하다 자신의 엄지 끝에 침을 묻혔습니다. 그런 뒤 그 엄지로 하늘 한 곳을 문질렀어요.

지우에게 책을 읽어주던 어른들의 목소리는 대부분 다정했다. 그건 이미 이야기의 결말을 아는 이들의 평온함, 앞으로 펼쳐질 이야기가 얼마나 난폭하든 또는 얼마나 위험하든 주인공도 또 자신도 결국 제자리로 돌아올 것임을 아는 이들의 온화함이었다. 죽음을 자꾸 경험하고, 죽음을 반복할 때마다 번번이 살아 돌아온 이의 자신감 혹은 너그러움.

　—그럼 그런 이야기는 없어요?

　스스로 이야기를 짓기 시작한 뒤로 지우는 상상 속 흐린
형상의 어른에게 물었다.

　—어떤?

　—아무도 돌아오지 않는 이야기요. 끝내 살아남는 사람이
없는 이야기. 누구도 제자리로 돌아오지 못하는 이야기요.

　상상 속 어른은 잠시 침묵하다 '그런 일이 생길 순 있어도
그런 이야기가 남기는 어렵다'고 했다. '뭔가 겪은 사람만
있고 그걸 전할 사람이 없다면, 다른 이들이 그 이야기를 어
떻게 알겠느냐'면서. 그러곤 중요한 사실을 덧붙이듯 목소
리를 낮췄다.

　—그러니 적어도 한 사람은 남겨두어야 해, 한 사람은.

　그 말에 지우는 왠지 반발심이 들어, '생존'에 비위가 상
해 뭐라 대꾸하려다 어디선가 들려오는 엄마 목소리에 다시
귀기울였다.

　—옛날 옛날에……

　목소리는 먼 데서 흘러나오는 노래마냥 계속 이어졌다.

　—세상에 아무것도 없던 때……

지우는 잠자코 그 소리에 집중했다.

—신은 밤을 만들었어요. 그러곤 뭔가 허전해 고민하다 자신의 엄지 끝에 침을 묻혔습니다. 그런 뒤 그 엄지로 하늘 한 곳을 문질렀어요. 그러자 마침내 그 안에서……

—안에서?

지우에게 응답하듯 저쪽에서 밝은 음성이 흘러나왔다.

—빛이 새어나왔습니다.

당시 피로와 허무에 절어 살던 지연도 이 대목을 읽을 때만큼은 힘을 주어 연극적인 효과를 냈다. 그러곤 어린 지우의 눈썹에 엄지를 댄 뒤 장난치듯 꾹 눌러댔다. "빛이 나왔습니다" 하고. "낮이 생겼습니다" 하고. 그래서 지우는 훌쩍 자란 후에도 학교 운동장에 땅거미가 질 때면, 지겨움과 무서움이 분간되지 않고 최근 세상을 떠난 엄마가 몹시 그리워질 때면, 저도 모르게 한 손으로 제 눈썹을 꾹 눌러보는 아이가 되었다. 어느 때는 그것만으로는 마음이 달래지지 않아 스스로 이야기를 짓는 아이가.

이를테면 이런 식의.

옛날 옛날에

세상에 자비도 없고 희망도 없고 노래도 없던 때

신은 아무 일도 하지 않았습니다.

첫날 자신이 만든 밤이 너무 좋아서.

그 밤을 덮고 자느라

세상에 인간은 있되

구원도 없고 기적도 없고 선의도 없다는 걸 잊었습니다.

첫날 자신이 만든 밤이 너무 좋아서.

자신이 만든 밤이 너무 편해서.

2

'꿈에서 깨는 기분은 늘 좋지 않다······' 생각하며 소리는 천장을 봤다. 이야기가 딴 길로 샐 뿐 아니라 제대로 끝나는 느낌을 주지 않아서였다. 방금 전 꿈만 해도 그랬다. 벌써 반년 전 일인데 2학기 초의 교실 풍경이 그대로 재연돼 어제 일인 양 생생했다. 칠판 앞에 어색하게 선 전입생도, 타성과 다정이 섞인 담임 목소리도, 호기심어린 반 친구들 눈빛도 모두.

오채운

그날 담임은 칠판에 전입생의 이름을 쓴 뒤 그애에게 자기소개를 해보라 했다. 담임이 반 아이들에게 알려준 건 그애의 출신 지역과 전입 사유가 전부였다. 담임 말로는 갑자기 운동을 관두게 되어서라는데 강제 전학인지 아닌지 알수 없었다. 가끔 그런 친구들이 있었다. 새 도화지 사듯 학교를 갈아치우는. 그리고 그게 남들보다 쉬운. 소리가 관심과 의구심을 품은 채 전입생을 바라봤다. 담임은 전입생에게 구체적인 자기소개를 주문하며 "대신 규칙이 있는데 지금부터 선생님이 하는 말을 잘 듣고 따라줘"라고 했다.

—너희는 이미 해봐서 알지?

아이들이 활달한 듯 무성의한 "네" 소리를 냈다.

—규칙은 간단해.

담임이 여유로운 태도로 주위를 둘러봤다.

—다섯 문장으로 자기를 소개하면 되는데, 그중 하나에는 반드시 거짓말이 들어가야 해. 소개가 끝나면 다른 친구들이 어떤 게 거짓인지 알아맞힐 거고. 그럼 나머지 네 개는 자연스레 참이 되겠지? 선생님 말 이해했어?

전입생이 난처한 미소를 짓자 담임은 그럴 줄 알았다는 듯 노트북을 열고는 허리 숙여 마우스를 딸각였다. 곧이어 칠판 옆 대형 모니터에 단정한 문구가 떴다.

이중 하나는 거짓말

―지금 볼 문장은 여기 친구들이 쓴 건데, 실제로 누군가 이렇게 자기소개를 한다 상상하며 들어봐. 이중 거짓은 뭘까, 진실은 또 뭘까 추측하면서.

담임이 마우스를 누르자 화면 위로 다섯 개의 문장이 마법처럼 나타났다. 동시에 아이들의 시선도 화면으로 쏠렸다. 담임이 문장을 천천히 읽어나갔다.

나는 수중 분만으로 태어났다.
나는 집에 필통이 스무 개 이상 있다.
나는 핫도그 속 소시지는 안 먹고 빵만 먹는다.
나는 좋아하는 사람을 따라 학교 담장을 넘은 적이 있다.
나는 시장에서 모르는 사람에게 엄마라고 부른 적이 있다.

낭독을 마친 담임의 얼굴에 옅은 만족감이 어렸다. 반년 전 개학 날의 새 학기 풍경을 떠올리는 게 분명했다. 규칙에 따라 한 명씩 자기소개를 하고, 다들 정답을 궁금해하는 와중에 마침내 거짓이 드러나고, 모두 와아아 웃으며 흥분과

개운함을 공유하던 순간을. 신기하게 어떤 건 듣자마자 진실임을 알 수 있었고 어떤 건 알쏭달쏭하기만 했다. '그 둘을 다르게 만드는 게 뭘까?' 궁금해하며 소리도 친구들을 따라 웃은 기억이 났다. 그날 담임은 다섯 문장을 하나하나 되짚으며 "어? 정말? 그게 몇 살 때인데?" "그래서 그 고양이 이름이 뭐야?"라는 식으로 발표자의 정보를 늘려나갔다. 더불어 각 문장을 둘러싼 온갖 암시와 추측, 해명과 부연이 이어졌다. 그러다보면 어느새 그 과정 자체가 발표자에 대한 괜찮은 자기소개가 됐다.

— 이제 이해했어?

전입생이 마지못해 고개를 끄덕이자 담임은 '이제 네 차례'라는 듯 교탁 옆으로 비켜섰다. 아이들의 시선이 전입생에게 쏠렸다. 전입생이 입술을 달싹이다 조그맣게 웅얼거렸다.

— 나는…… 외동이다.

순조로운 시작에 담임이 만족스러운 미소를 지었다. 그런 뒤 다음을 허락하듯 전입생에게 눈짓을 보냈다.

— 나는 작년에 다리를 다쳐 축구를 관뒀다.

교실 안 스물다섯 쌍의 눈동자가 전입생의 다리로 향했다. 그렇지만 전입생이 교복 차림이라 실제로 어떤지 알 수 없었다. 축구를 관둔 건 진실이어도 부상은 거짓일 수 있고, 둘 다 참이거나 그 반대일지도 몰랐다.

—그리고?

담임이 추임새를 넣었다. 전입생이 무심코 교실 안을 둘러보다 어딘가에서 멈추는가 싶더니 갑자기 당황스러운 표정을 지었다.

—……

담임이 채근하듯 목소리를 조금 높였다.

—그리고?

전입생이 마지못해 말했다.

—나는…… 돼지갈비를 싫어한다.

담임은 가볍게 호응했다.

—또?

—나는……

소리는 문득 교실 공기가 바뀌는 걸 느꼈다. 지금까지는 실제 일어난 일과 같았는데, 꿈속에서 어느새 전입생이 소리로 변한 거였다. 그런데 누구도 그 사실을 이상하게 여기거나 놀라지 않았다. 담임도, 반 아이들도 처음부터 소리가 거기 있던 양 자연스럽게 받아들였다. 소리는 입을 꾹 다문 채 제멋대로 움직이는 입술을 통제하려 애썼다. 하지만 그것도 잠시, 소리는 뭔가 발설하고픈 욕구를 느꼈다. 어쩌면 혼자 너무 오랫동안 무거운 비밀을 지켜온 탓인지 몰랐다. 소리는 말하고 싶었다. 누가 들어도 명백한 거짓 같아서 모두 웃어넘길 수 있는 진짜 이야기를.

—나는 어릴 때 못을 밟아 발을 다친 적이 있다.

아이들의 시선이 소리의 발로 쏠렸다. 하지만 소리가 발목 위로 오는 긴 양말을 신고 있어 진위를 파악할 수 없었다.

—그리고?

담임이 그새 지쳤는지 살짝 기계적으로 반응했다.

—나는 그림 그리는 걸 좋아한다.

—음, 또?

—나는 가끔 아침에 눈뜨는 게 두렵다.

전입생이 흘깃 소리를 쳐다봤다. 그런데 웬일인지 이때부터 아이들의 자세가 하나둘 흐트러졌다. 그런 아이들을 단속해야 할 담임 또한 심드렁했다.

—그리고?

소리가 제 손을 물끄러미 응시했다.

—나는 누군가의 손을 놓쳐 그 사람을 잃은 적이 있다.

이윽고 집중력을 잃은 아이들이 마구 떠들어대기 시작했

다. 더이상 누군가의 이야기가 참이든 거짓이든 궁금하지 않다는 반응이었다. 그 모습을 보자 소리는 꿈속에서도 큰 슬픔과 초조를 느꼈다.

—마지막으로?

소리가 깊은 숨을 내쉰 뒤 담담하게 말했다.

—나는 곧 죽을 사람을 알아본다.

순간 교실 안이 찬물을 끼얹은 듯 고요해졌다. 그리고 얼마 지나지 않아 아이들이 동시에 와아아 웃었다. 그래서 소리도 따라 웃었다. 그러다 딱 한 명 웃지 않는 사람과 눈이 마주쳤는데, 바로 그 전입생이었다.

3

채운은 화장실에서 소리 죽여 볼일을 보곤 제 방으로 돌아왔다. 엄밀히 말하면 사촌동생 선이의 방이지만 사정이 나아질 때까지 당분간 채운이 쓰기로 한 공간이었다. 채운이 졸린 눈을 비비며 책상 앞에 앉아 태블릿 피시를 켰다. 사각의 검은 화면을 보자 며칠 전 교도소 접견실에서 본 엄마가 떠올랐다. 그날 엄마는 마치 그곳이 가정집 거실이라도 되는 양 태연하게 말했다. '혹시 다니고 싶은 학원 있으면 눈치보지 말고 이모한테 얘기'하라고. '엄마가 나중에 다 계산할 거'라고. 이어서 '전과목 다 따라잡지는 못해도 외국어 공부만은 놓지 말라'고 했다. '살면서 선택지가 하나라도 더 있는 거, 그게 얼마나 중요한지 아느냐'면서.

'선택. 동사형은 추즈choose, 명사형은 초이스choice, 비슷한 말로는 픽pick과 셀렉트select가 있으며……' 채운이 영어단어를 되뇌며 '바람영어' 앱을 열었다. 남들 보기에는 초보 수준이겠지만 채운은 여기까지 오는 데 많은 노력이 필요했다. 초등학생 때부터 학창시절 내내 축구에 매진해 공부를 소홀히 한 까닭이었다. 그즈음 채운의 아버지 오기준은 무리하게 벌인 커피 유통 사업이 망한 뒤로 옛 동료나 지인에게 아쉬운 소리를 하고 다녔다. 그러다 하루는 만취한 채 돌아와 "그전까지는 나를 나로 대하던 놈들이 이제는 나를 다루려 한다"고 했다. "대화에 자꾸 기술이 들어오는데, 그거 아주 미묘하고 좆같은 기분"이라고. 그러면서 주위에 몇몇 잘나가는 이들을 가리켜 "눈깔이 변했다"고, "인간이 크고 작은 타협을 반복하다 어느 순간 눈깔이 변하는 시기가 있는데 지금 그 새끼가 딱 그렇다"며 혀를 찼다. 채운이 보기에 누구보다 그 '눈깔'을 갖고 싶어한 사람은 아버지였던 것 같은데. 채운은 아버지가 돈을 미워하는지 좋아하는지 늘 헷갈렸다. 어쩌면 둘 다인지 몰랐다. 아버지가 엄마를 대하는 방식이 그랬던 것처럼.

화면 위로 바람영어의 마스코트 바람돌이가 나타나 밝게 인사했다. 학사모에 뿔테안경을 쓰고 얼핏 너구리를 닮은 동물이었다. 바람돌이는 여느 훌륭한 언어 교사가 그렇듯 상냥한 원칙주의자이자 인내심 강한 안내자였다. 그래서 수업중 딴 길로 새는 일 없이 그날 치 학습 목표에 집중했다. 수업 주제는 '오늘의 날씨'부터 '길안내'까지 다양했다. 대부분 익숙하고 지루한 화제들이었다. 하지만 가끔 직역된 외국어 특유의 단순하고 의미심장한 말들이 나와 채운을 놀라게 할 때도 있었다. '당신 생애의 첫 기억은 뭔가요?'라든가, '살면서 뭘 훔쳐본 적이 있나요?' '당신은 당신 가족의 어떤 점이 마음에 드나요? 혹은 마음에 들지 않나요?' 등의 물음이 그랬다. 그럴 때 채운은 더듬더듬 자판을 두드리며 불완전한 문장을 기워나갔다. 직역하면 이런 식의.

내 첫 기억은 추락입니다. 나는 떨어졌다, 식탁에서. 내가 아기였을 때. 순간 알아버렸습니다. 세상에는 높이와 깊이가 있다는 걸.

빈칸을 채우면서도 채운은 자신이 정말 그 일을 겪은 건지, 아니면 들은 건지 확신하지 못했다. 다만 가정 시간에 인간의 발달 과정을 다룬 다큐멘터리를 보다 "인간은 기기 시작할 무렵 비로소 깊이에 공포를 갖는다"는 말을 듣고 놀란 기억이 났다. 채운은 깊이나 높이에 대한 공포처럼 단순한 감각도 날 때부터 절로 주어지지 않는다는 사실에 작은 충격을 받았다. 그 다큐멘터리에 따르면 인간은 앉는 법과 서는 법, 물 삼키는 법까지 일일이 배워야 하는 존재였다. 어느 건 배워도 안 지키고, 알고도 실천 못하는.

나는 떨어졌다, 몸으로 그런 것을 느끼며.

채운이 빈칸을 메우면 지휘봉 든 바람돌이가 나타나 문법상 틀린 곳을 알려주고 단어와 예문을 확장해줬다. 바람돌이는 채운이 실수할 때마다 '배움이란 원래 그런 거'라며 '세상에 틀리지 않고 배울 수 있는 언어는 없다'고 했다. 바람돌이에게는 조금 미안한 말이지만 사실 채운은 원어민 교사와의 일대일 화상수업을 더 원했다. 요즘 유행하는 화상 교육 플랫폼에서 직접 교사를 고르고 시간표를 짜는 거였다. 하지만 오랜 고민 끝에 채운은 결국 원어민 수업을 포기했다. 생활 소음에 취약한 태주 이모 집을 생각하니 엄두가 나지 않아서였다. 수강료도 수강료지만 더부살이하는 주제에 화상 영어라니 꼴사나워 보일 것 같았다.

채운이 고개 돌려 방구석에 엎드린 뭉치를 바라봤다. 뭉치는 채운의 기척에도 아랑곳 않고 깊은 잠에 빠져 있었다. 혹은 자는 척하는지도 몰랐다. 채운은 겉보기에는 자신이 뭉치의 보호자이지만 실제로는 뭉치가 자신을 보호해주고 있음을 알았다. 작년 그 여름밤, 칼 든 아버지를 향해 짖고, 쓰러진 아버지를 보고 놀라 떨고 있는 채운에게 다가와 손등을 핥아준 것도 뭉치였다.

채운이 다시 화면으로 시선을 옮겨 바람돌이를 응시했다. 꼭 엄마 때문이 아니라도 채운은 진지하게 외국어 공부를 해볼 참이었다. 언젠가 이곳을 떠나고 싶어서였다. 직업은 그다음 문제였다. 채운은 지금 자신에게 꿈이나 희망이란 말은 어울리지 않는다고 생각했다. 채운은 그저 다른 언어 뒤에 숨고 싶었다. 한때는 축구 관련 직업을 고민해본 적도 있었다. 전문 코치나 감독까지는 어려워도 축구학교에서 아이들을 가르치는 일은 가능할 것 같았다. 하지만 이모 말대로 교직 사회만큼 보수적이고 소문이 빠른 곳이 없다면 제 발로 거기 들어가고 싶지 않았다. 물론 지금도 동네 공터나

학교 운동장에서 아이들이 축구하는 모습을 보면 가슴이 저렸다. 선수 시절 내내 '지역 스타'나 '유망주'란 얘기를 단 한 번도 들어본 적 없고 앞으로도 그럴 테지만, 채운은 축구가 좋았고 선수로 계속 남고 싶었다. 정말 있는 힘을 다해도 재능 있는 친구를 끝끝내 이길 수 없던 순간조차 그랬다. 하지만 다리 부상 후 채운은 자신이 더이상 선수가 아니라는 데 익숙해져야 했다. 그러기까지 긴 부침의 시간이 있었고, 실은 지금도 완전히 극복 못한 상태였다. 그리고 채운은 자신이 스스로 축구를 포기한 게 아니라고 사람들이 생각해주길 바랐다.

그 밤 이후 일 년 넘는 지난 시간 동안 채운은 어지러운 마음이 들거나 현실에서 도망치고 싶을 때면 유튜브 영상에 의지했다. 특히 세계여행 유튜버들이 올린 영상을 자주 봤다. 잠이 안 올 때면 채운은 어두운 방안에 누워 온갖 여행 영상을 봤다. 그리고 어느 순간 자신도 그들과 비슷한 사람이 되고 싶다 생각했다. 그러려면 일단 언어 공부부터 시작해야 했다. 계단 오르듯 한 번에 하나씩. 다행히 외국어 공부는 운동과 비슷한 점이 많았다. 체육인의 중요한 자질 중 하나는 인내고, 참는 일이라면 채운도 조금 자신 있었다. 한

세트에 몇 개, 숫자를 채우고 처음부터 다시 반복하는 것. 그 반복을 불평하지 않는 것. 다만 차이가 있다면 몸에 근육이 붙는 것보다 말이 느는 속도가 훨씬 더디다는 거였다. 때로 포기하고 싶을 만큼 그랬다.

한국을 뜨기로 마음먹은 뒤부터 채운은 건넛방에서 이모부부가 싸우는 소리가 들려올 때마다, 엄마의 면회를 앞두고 잠을 설칠 때마다, 선이가 별 뜻 없이 내쉰 한숨에 마음이 위축될 때마다 사방이 탁 트인 아프리카 초원이나 유럽의 돌길, 남아시아 해변의 야자나무를 떠올렸다. 꼭 경치가 빼어나거나 유서 깊은 장소가 아니어도 괜찮았다. 자신이 다른 이름으로 살 수 있는 곳, 검색이나 추적이 안 되는 곳이면 족했다. 거기가 어디든 지저분한 소문이 못 건너오는 곳, 아버지도 하느님도 못 따라오는 곳이라면 모두.

채운이 다시 바람영어 메뉴를 살폈다. 오늘따라 공부에 집중이 잘 안 됐다. 어쩌면 며칠 전에 들은 당숙의 말이 신경 쓰여서인지 몰랐다. 채운이 고개 저으며 '하루 한 줄 대화' 단추를 눌렀다. 제시된 핵심 표현을 사용해 질문에 답하는 과정이었다. 학습자의 부담을 덜어주려 '한 줄'이라 했을 뿐, 채운 마음에 따라 얼마든지 문장을 늘릴 수 있었다. 그런데 요 며칠 틀에 박힌 화제만 꺼내던 바람돌이가 뜻밖의 질문을 했다.

요즘 당신을 가장 불안하게 만드는 건 무엇입니까?
핵심 표현: feel uneasy 불안을 느끼다

채운은 화면 속 문장을 물끄러미 바라봤다. 그러곤 빈칸에 진짜 답을 적을까 가짜 답을 적을까 고민했다. 사실 지어내기로 마음먹으면 못할 것도 없었다. 성적, 진로, 교우관계 등 평범한 십대 청소년의 고민으로 보일 만한 거라면 얼마든지 있었다. 게다가 바람돌이는 인간과 달리 채운의 비밀을 무게 재지도, 심판하지도 않을 터였다. 채운은 '기계에게 굳이 본심을 보일 필요가 있을까?' 주저하다 '기계니까 오히려 솔직하게 얘기해도 되지 않을까?' 갈등했다. 동시에 채운의 머릿속에서 이미 몇몇 단어가 저희끼리 열 맞추고 넘어졌다 자리를 바꿔가며 수런거렸다. 몸에 막 배기 시작한 학습 방식이 뇌 한 곳을 저절로 작동시킨 거였다.

'나는, 입니다, 아버지, 돌아오다, 불안……'

채운은 기계에게 고백하는 스스로가 한심하면서도 무언가 털어놓고픈 충동을 느꼈다. 외국어는 물론이고 모국어로도 하면 안 될 이야기를. 그리고 막상 '컴백comeback'이니 '리커버recover' 같은 표현이 떠오르자 '돌아오다'라는 말의 무게가 확 실감났다. 아버지가 깨어난다면, 그래서 정말 돌아온다면 그땐 아버지만 오는 게 아니라 다른 것도 한꺼번에 돌아올 것 같아서였다. 열흘 전 당숙으로부터 "담당의 말로 네 아버지 몸 상태가 처음보다는 나아지고 있다더라"는 말을 들었을 때 채운의 낯빛이 어두워진 것도 그 때문이었다. 채운은 아버지가 깨어나지 않길 바랐다. 그렇다고 아버지가 돌아가시길 원하는 것도 아니었다. 채운은 아버지가 지금처럼 그대로 있어주길 바랐다. 아무런 의식 없이.

채운은 빈칸에 깜빡이는 커서를 보다 결국 적당한 말을 찾지 못하고 '하루 한 줄 대화'를 건너뛰었다. 그러곤 다른 단추를 눌러 복습 과정으로 넘어갔다. 화면 위로 안경 쓴 바람돌이와 더불어 "복습해봅시다"라는 말풍선이 나타났다.

핵심 표현: be used to ~에 익숙하다

이어서 "핵심 표현을 활용해 다음 문장을 영어로 써봅시다"란 말풍선이 떴다. 학습자가 빈칸에 정답을 적어넣으면

축하와 응원의 말이 뜨고, 며칠 뒤 같은 질문이 반복되는 식이었다. 채운이 화면 속 예문을 가만 바라봤다.

나는 혼자인 데 익숙해요.

나는 참는 데 익숙해져 있어요.

나는 시끄러운 것에 익숙했어요.

그들에게 익숙해졌어요?

그것에 익숙해질 것 같아요?

채운이 자판 위에 손을 얹었다. 그러곤 다섯 문장을 적절한 시제에 맞춰 써나갔다. 같은 표현을 현재완료로, 과거로, 미래로 바꿔가며 복수와 단수를 의식해 빈칸을 채웠다. '나는 시끄러운 것에 익숙했어요' '그들에게 익숙해졌어요?' '그것에 익숙해질 것 같아요?' 채운이 빈칸을 다 채우자 만점 표시와 더불어 폭죽이 터지며 화면 가득 색종이가 흩날렸다. 채운은 얼떨떨한 얼굴로 점수를 확인했다. '다 맞혔어? 내가?' 하는 표정이었다. 하지만 그것도 잠시, 바람돌이가 빚을 독촉하듯 몇 분 전에 풀다 만 문제를 다시 들고 나타났다.

요즘 당신을 가장 불안하게 만드는 건 무엇입니까?

채운이 가짜 답을 적을지 진짜 답을 적을지 한번 더 고민하는 사이 문밖에서 "나와서 밥 먹자!" 외치는 이모의 목소리가 들려왔다. 뭉치가 고개를 들어 채운을 물끄러미 바라봤다.

―답답하지? 밥 먹고 산책 가자, 뭉치야.

채운은 뭉치의 머리를 가만히 쓰다듬었다. 그러곤 나지막이 속삭였다.

―세상에 우리 둘뿐이야. 알고 있지?

4

겨울방학 첫날, 잠에서 깬 지우는 고개 돌려 용식을 봤다. 어둠 속에서 용식이 자신을 응시하는 게 느껴졌다. 수십억 년 전부터 지금까지 같은 방식으로 살아온 종의 견고하고 무심한 시선이었다. 지우는 이부자리에서 일어나 엉금엉금 기는 자세로 사육장 쪽으로 갔다. 그러곤 새벽 어스름에 기대 물그릇과 먹이 그릇을 확인하고 사육장을 살폈다. 얕은 수영장 위로 갈색거저리 유충 껍질이 둥둥 떠 있는 게 보였다. 그 옆으로는 레고에서 나온 플라스틱 아스텍 전사가 코코넛 피트에 얼굴을 박고 고꾸라져 있었다. 이번에도 용식이 놀다 자빠뜨린 거였다. 지우는 아스텍 전사를 바로 세워

바닥에 고정시키곤 고사리숲으로 손을 뻗어 용식을 꺼냈다.

—잘 놀고 있었어?

지우가 용식을 가볍게 쥔 채 정수리를 쓰다듬었다. 용식이 꼼짝 않고 양육자의 손길을 의식했다. 좋아하지도 싫어하지도 않는 표정이었다.

—나는 잠을 좀 설쳤어.

평소 용식은 인간과의 접촉을 불편해했다. 용식을 오 년 가까이 키운 지우도 그 사실을 잘 알았다. 그런데도 굳이 용식을 꺼내 눈 맞춘 건 오늘부터 얼마간 용식과 떨어져 살아야 하기 때문이었다.

—그래서 뭐 좀 그렸는데, 볼래?

지우가 용식을 사육장에 내려놓고 다시 이부자리로 갔다. 그러곤 베개 옆 태블릿 피시를 챙겨 용식 쪽으로 가져왔다. 한 달 전 엄마가 여행을 앞두고 사준 거였다. 생전 처음 받는 고가의 선물에 어리둥절해하자 엄마는 별말 없이 "갖고 싶어했잖아"라고 했다. 그때만 해도 지우는 그게 엄마의 마지막 선물이 될 줄도 모르고 뛸듯이 기뻐했다.

—잠깐만.

지우가 태블릿 피시 액정을 티셔츠로 깨끗이 문지른 뒤 비밀번호를 눌렀다. 그러곤 바로 '그림드림' 카페에 접속했다.

지우의 눈동자가 어느 한 점에서 멈춘 뒤 크게 벌어졌다.

—봐봐, 사람들이 너 멋지대.

지우 얼굴에 옅은 긍지와 수줍음이 어렸다.

—어때? 마음에 들어?

지우가 용식 쪽으로 비스듬히 몸을 틀고는 태블릿 피시 속 그림을 확대해 용식 가까이 갖다댔다. 우아한 잿빛 비늘과 가시 돌기, 모서리가 둥근 역삼각형 머리에 물기 많은 눈동자까지…… 두 용식은 여러모로 비슷했다. 다만 그림 속 용식이 훨씬 용맹하달까 근사해 보였다. 그림 속 용식은 날개를 활짝 편 채 입에서 커다란 불을 뿜고 있었다. 반면 실제 용식은 애초에 날개도 없을뿐더러 겁 많고 소심하기만 했다. 얼마나 겁쟁이인지 조금만 놀라도 몸이 굳거나 죽은 척하기 일쑤였다. 하지만 카페 회원들은 용식의 바로 그런 면을 좋아했다. 용을 닮았으나 용은 아닌 점을, 갑옷 같은 피부에 감춰진 나약함을, 모든 게 처음인 양 얼떨떨해하는 눈동자를. 그리고 그 작은 생명을 보살피며 곧잘 당황하고 기뻐하는 십대 양육자를 응원했다. 대놓고 말은 안 했지만 만화 속에 은근히 비치는 지우네 생활이 윤택하지 않은 점도 회원들의 애정과 응원의 뿌리가 됐다. 물론 그 점을 무시하고 조롱하는 사람도 없지 않았지만, 그런 이들이라면 세상 어디에나 있었다.

　지우는 중학생 때부터 용식을 돌봤다. 동네 파충류 가게 사장이 선물로 준 알을 용케 살려낸 거였다. 지우는 어느 날 파충류 가게 아르바이트생이 가게 앞에서 잃어버린 현금 봉투를 주워 그대로 돌려줬고, 그걸 본 사장이 지우를 가게에 초대했다. 그러곤 가게 안을 구경시켜주며 '혹시 이중에 가족이 되고 싶은 녀석이 있는지' 물었다. 지우는 아무 말 못하고 주눅든 얼굴로 서 있었다. 사장이 "괜찮아. 골라봐"라고 하자 지우가 '레드 아이 아머드 스킨크'를 조심스레 가리켰다. 사장이 웃으며 "참 잘 골랐다"고 했다. 그러곤 지우에게 작은 사육장과 더불어 레드 아이 아머드 스킨크의 알 세 개를 건네주며 만약 부화에 실패하면 언제든 자기를 찾아오라고 했다. 용식은 그 세 알 중 유일하게 살아남은 아이였다.

　지우는 용식이 크는 과정을 만화로 그려 종종 카페에 올렸다. 거의 기적에 가까웠던 용식의 부화 과정과 발육 상황, 시행착오가 주내용이었다. 그림체도 평범하고 구성도 밋밋했지만 〈용식 일기〉는 카페에서 점차 사랑받았다. 회원들이 오랜 시간 용식의 성장 과정을 지켜봤다는 것과 가벼운 '일상 툰'이라는 점도 인기에 한몫했다. 오 년 전 아기 용식의 크고 그렁그렁한 눈과 앙증맞음에 환호했던 회원들은 이제 '우리 용식이 다 컸네' '얼른 자라 효도해라' '지금 담배 피우려는데 라이터가 없다. 용식이 불 좀 뿜어봐라' 하는 식으로 친근감을 표했다. 카페의 주목적인 작품 평가와 조언은 뒷전이었다. 지우는 그게 딱히 서운하지는 않았다. 평가는 다른 그림으로 받으면 되니까.

사실 지우가 카페에서 유명해진 계기는 따로 있었다. 두 해 전 별생각 없이 올린 단편 만화 하나가 갑자기 많은 추천을 받으면서였다. 그 덕에 평소 조회수가 높지 않았던 〈용식일기〉도 덩달아 주목받았다. 당시 화제가 된 단편 제목은 '베리 베리 내 처지'. 부모의 재혼으로 낯선 지역에 이사온 한 소녀의 혼란과 소외를 다룬 소품이었다. 순식간에 몰입해 그린 터라 지우는 그 콘티를 눈감고도 설명할 수 있었다. 펜이 없다면 말로라도.

이야기는 얼핏 중학생으로 보이는 두 소녀 유나와 주은이 동네 놀이터 그네에 나란히 앉아 있는 장면에서 시작된다. 두 사람의 손에는 각기 다른 색깔의 아이스크림콘이 들려

있다. 유나는 숱이 풍성한 중단발에 크고 둥근 눈이 특징이
고, 주은은 투 블록 쇼트커트에 쌍꺼풀 없이 길고 가는 눈매
를 가졌다. 주은은 엄마의 재혼으로 그때까지 함께 살던 엄
마와 헤어지고 아빠 집에 막 맡겨진 참이다. 다세대주택 골
목 앞, 작은 승용차 한 대가 주은을 홀로 남겨두고 먼지구름
을 일으키며 멀어지는 풍경과 함께 주은의 전사가 소개된
다. 유나는 탈학교생으로 주은과 동네 햄버거 가게에서 같
은 시간대에 일하다 친해졌다.

—베리 베리 스트로베리……

주은이 손에 든 분홍색 아이스크림콘을 보며 중얼거린다.

—뭐?

유나는 내용물이 이미 반쯤 사라진 '슈팅 스타'를 먹고
있다.

—이상하지 않냐?

—뭐가?

—이거 이름 말이야. 우리말로 하면 '아주 몹시 딸기, 진
짜 정말 딸기' 그런 느낌이잖아?

유나가 반문한다.

—그 베리very랑 이 베리berry는 다르지 않아?

그러자 주은이 바로 감탄하는 척한다.

—오, 자퇴생. 공부 좀 했는데?

—야, 이 정도는 상식이지.

주은이 눈썹을 치켜올리며 고개를 끄덕인다.

—근데 내 귀에는 자꾸 '아주 몹시 딸기, 진짜 정말 딸기'로 들려.

유나가 어깨를 으쓱한다.

—그러니까 잘 지은 거지.

풍경이 갑자기 원경으로 빠지며 '맴맴' 두 글자가 크게 드러난다. 곧이어 문득 흐려지는 주은의 얼굴.

—이거 먹으니까 갑자기 그거 생각난다.

유나가 입가에 묻은 아이스크림을 손등으로 쓱 닦아낸다.

—무슨?

두 사람의 손에 들린 아이스크림콘에서 파스텔빛 액체가 뚝뚝 흘러내린다. 유나가 과자 아랫부분에 황급히 혀를 대고 아이스크림을 핥는다.

—나 여기 오고 얼마 안 돼서 아빠가 아이스크림케이크 사왔거든. 갑자기 한밤중에 환영한다고, 술 취해 들어와서는 나한테 무슨 스티로폼 상자를 내미는 거야. 그래서 바로

열어보니까 안에 둥근 아이스크림케이크가 있어. 근데 그 위에 뭔 글자 같은 게 쓰여 있더라. 그것도 영어로.

—뭐라고?

주은이 멋쩍은 미소를 짓는다.

—암 쏘 쏘리 벗 알러뷰 I'm so sorry but I love you……

유나가 풋 소리를 내며 비웃는다.

—웃기지? 나도 그랬어. 그래도 그때까지는 그게 나한테 하는 말인 줄로만 알았지. 그래서 좀 쑥스러우면서도 고맙더라. 아빠가 나랑 떨어져 지낸 시간도 길고, 뭔가 말로 하기는 민망하니까 이렇게 자기 마음을 글로 새겨왔구나 하고. 요새 그런 거 해주는 데 많잖아?

이 장면에서 아이스크림케이크가 크게 확대된다. 둥근 테두리에 얹어진 촘촘하고 정교한 꽃봉오리 장식이 고전적이고 아름답다. 주은은 분위기가 무거워지는 게 싫어 불량함을 과장한다.

—밖이 막 시끄러우니까 새엄마가 방에서 나왔어. 난 이걸 냉장고에 넣어야 하나 예의상 조금 먹어야 하나 고민했지. 근데 아빠가 갑자기 새엄마를 식탁 의자에 앉히더니 잠깐 기다려보라 하더라? 그러더니 상자에 든 플라스틱 칼로 케이크를 과감하게 사등분해. '암 쏘 쏘리 벗 알러뷰'가 네

동강 났지. 그런데 아빠가 비장한 얼굴로 그 여자한테 그러는 거야. "여보! 지금부터 여보는 러브 유를 먹어."

—진짜?

—어.

—깼다.

—그렇지? 근데 그게 끝이 아니야. 그러고는 이렇게 소리치더라고. "그럼 난 쏘리를 먹을게."

—그래서?

뜻밖의 반응에 주은이 눈을 둥그렇게 뜬다.

—어?

—그래서 넌 뭘 먹었는데?

주은이 잠시 먼 데를 보다 허탈한 듯 답한다.

—그야 당연히 나는 벗을 먹었지. 남은 게 암 쏘랑 벗밖에 없었으니까. 아, 실제로는 아이까지였구나. 그래, 나는 벗 아이를 먹었어. 벗 아이······

곧이어 화면에 꽉 차는 주은의 얼굴.

—존나 베리 베리very berry 내 처지 같지 않냐?

당시 지우 작품에는 '웃긴다'거나 '웃프다'는 댓글이 주르르 달렸다. '대화가 많으면 지루해지기 쉬운데 연출을 잘한 것 같다' '나도 한부모 가정 출신인데 얘기가 너무 어둡거나 뻔하지 않아 좋다' '다음 화도 얼른 올려달라'는 반응도 있었다. 기분이 좋아진 지우는 평소답지 않게 장난기 섞인 댓글을 달았다.

'땡큐 베리 머치, 베리 베리 스트로베리 머치!'

평소 지우가 학교에서 얼마나 투명 인간처럼 지내는지 아는 사람이라면 깜짝 놀랄 반응이었다.

'근데 왜 한동안 자주 못 올 거라는 거야? 용식이 형 어디 가?'

용식의 그림 아래 새 댓글을 본 지우 얼굴에 문득 그늘이 졌다. 그 밑으로는 '용식이 형도 이제 곧 고3이다. 맘잡고 공부해야지' '공부는 무슨, 이쪽으로 더 파야 그나마 희망이 있지' '희망은 개뿔. 그래 봤자 디지털 노가다다' '노가다도 불러줄 때 감사해라. 조만간 이 판 AI에게 다 먹힘' 등의 댓글이 이어졌다. 지우도 대충 아는 얘기였다. 때가 되면 계절처럼 반복되는 이야기. 업계의 어두운 전망과 자조적인 농담. 그래도 지우는 아직 그 모든 게 먼일처럼 느껴졌다. 어려서부터 일찌감치 예술대학을 준비하거나 현장 경험을 쌓는 친구도 많았고, 지우도 그런 생각을 안 해본 건 아니었지만, 당장은 용식을 돌보면서 독립을 준비하는 것만으로도 힘에 부쳤다. 지난달 갑자기 세상을 떠난 엄마의 죽음을 이해하는 것도. 지우는 엄마가 정말 실수로 발을 헛디딘 건지 확신할 수 없었다.

'근데 왜 한동안 자주 못 올 거라는 거야?'

지우는 화면 속 댓글을 빤히 바라봤다. 카페 터줏대감인 사십대 회원의 질문이었다. 지우가 '그게…… 익숙해져보려고요'라고 적었다 바로 지웠다. 누군가 '익숙해져? 뭐에?'라고 물으면 할말이 없어서였다.

'그래서 〈내가 본 것〉 2화는 언제 올라옴?'

또다른 댓글을 보고 지우가 속으로 중얼거렸다.

'오늘이요. 오늘 올리고 떠날 거예요.'

지우는 방 구석의 이동식 옷걸이 쪽으로 고개를 돌렸다. 무겁고 긴 옷들 사이로 쥐색 캐리어 모서리가 언뜻 보였다. 전체적으로 어두운 잿빛에 모서리 부분만 검게 처리된 기내용 캐리어였다. 지우는 어제 그 안에 용식의 물건을 차근차근 채워넣었다. 파충류 전용 영양제부터 온도계와 습도계까지 양육에 필요한 것들이었다. 용식 같은 레드 아이 아머드 스킨크는 서식 환경에 예민해 돌연사가 잦기로 유명했다.

그래서 용식의 임시 보호자를 구할 때도 신중을 기할 수밖에 없었다. 지우에게는 가까운 친척도, 믿을 만한 이웃도 없었다. 그렇다고 얼굴 한번 본 적 없는 카페 회원에게 부탁하고 싶지는 않았다. 몇몇 고정 회원이라면 틀림없이 용식을 예뻐해줄 테지만, 상대를 귀여워하는 것과 책임지는 건 전혀 다른 일임을 지우는 진작부터 알았다. 젊은 시절 삽화가로 활동했고 지금은 어느 입시 미술 학원에서 강사 일을 하는 자신의 친부만 봐도 그랬다.

오랜 고민 끝에 지우는 용식을 같은 반 김소리에게 부탁하기로 했다. 엄마 장례식에 유일하게 와준 친구인데다 언젠가 자신에게 그림으로 호감을 비친 적이 있어서였다. '물론 착각일지도 모르지만……' 조금은 이기적인 부탁임을 알면서도 지우는 소리에게 연락했다. 반 아이들이 이상하다고 수군대는, 어딘가 결벽과 강박이 있어 보이는 친구였다. 애들 말로 초등학교 때는 안 그랬다던데. 소리는 다른 여자애들과 팔짱을 끼거나 손잡고 매점에 가는 일이 거의 없었다. 체육 시간에도 아프다며 자주 빠졌고, 귀에 이어폰을 낀 채 그림에 몰두하고 있을 때가 많았다. 몇몇 아이들은 "솔직히 그림 실력도 그냥 그런데 유난이야" "맞아. 경기권 미대

진학도 어렵다더라"며 쑥덕댔다. 하지만 지우는 결벽이 꼭 나쁠 리 없다고, 특히 한 생명을 책임져야 할 때 양육자의 깔끔함은 큰 장점일 수 있다고 스스로를 설득했다.

용식의 먹이는 미리 주문해두어 소리 집에 곧 도착할 예정이었다. 용식은 살아 있는 갈색거저리 유충을 즐겨 먹었다. 사람들이 흔히 '밀웜'이라 부르는 애벌레였다. 처음에는 귀뚜라미며 다른 것도 줘봤는데 흥미를 비치지 않았다. 다 같은 파충류라도 저마다 입맛이 다른 듯했다. 지우는 갈색 거저리 유충을 주문하며 밀기울도 같이 시켰다. 용식을 키우기 전에는 '먹이에게도 먹이가 필요하다'는 단순한 사실조차 몰랐다. '먹이'도 식성과 취향이 있고, 똥도 싸고, 아프기도 한다는 것도. 지우는 그 모든 걸 용식에게 배웠다.

어젯밤 지우는 소리에게 오늘 약속을 환기하며 '양육시 주의 사항'을 문자로 길게 적어 보냈다. 소리는 '솔직히 자신 없지만 최선을 다해볼게'라 했다. 그래서 지우는 소리가 평소 벌레나 파충류를 얼마나 싫어하는지, 저 답을 하기까지 어떤 용기와 다짐이 필요했는지 알지 못했다. 훗날 소리가 자신의 결정을 얼마나 후회하게 될지도.

'용식이 물 갈아줘야지.'

지우가 사육장에서 물그릇을 꺼내 걸음을 옮겼다. 그런데 방문 문고리를 잡은 순간 밖에서 인기척이 났다. 엊그제 집을 나선 선호 아저씨가 일을 마치고 귀가한 거였다. 지우 엄마 안지연의 애인 유선호는 삼 년째 지우와 같이 살고 있었다. 나이는 지연보다 두 살 어렸고, 젊은 시절 건설 현장과 가구 회사, 이삿짐센터에서 일하다 지금은 대형 트럭을 몰며 화물 운송 일을 하고 있었다. 그리고 지우와 마찬가지로 최근 사랑하는 사람을 잃은 터였다. 비록 피는 섞이지 않았지만 두 사람은 모두 상중이었다.

'나가서 인사해야 하나?'

지우는 닫힌 문 앞에서 잠시 고민했다.

'우리 사이가 뭐라고.'

하지만 한편으로는 바로 그렇기에, '우리가 아무 사이도 아니기 때문에' 더 예의를 지켜야 하는 게 아닐까 싶었다.

'아직 자는 줄 알겠지.'

지우는 다시 사육장으로 가 물그릇을 내려놨다. 아저씨가 씻고 잠들면 나갈 생각이었다.

'전에도 아무 사이 아니었지만, 이제는 진짜 아무 관계 아

니니까.'

지우는 '아저씨도 내가 이 집에서 나가주길 바랄 거야'라고 확신했다. 엄마와 아무리 사실혼 관계였대도 남남인 아이를 굳이 데리고 있을 이유는 없을 테니까. 그것도 평소 서먹했던 남자아이를. 지우는 겨울방학 동안 돈을 벌어 작은 원룸을 얻은 뒤 용식과 독립할 계획이었다. 그리고 학교로는 돌아가지 않을 생각이었다. 그러려면 지금부터 열심히 돈을 모아야 했다. 소아결핵에 걸려 나이보다 한 해 늦게 초등학교에 입학한 지우는 부모의 동의 없이 일을 할 수 있었다. 마음 같아서는 용식도 데려가고 싶었지만 낯선 고시원이나 현장 숙소보다는 소리네 집에 맡기는 게 훨씬 안전할 터였다. 혹 아저씨가 가출 신고라도 할지 몰라 쪽지도 미리 써뒀다. 지우는 세상 누구에게도 짐이 되고 싶지 않았다.

'엄마도 같은 마음이었을까?'

지우는 고개를 저었다. '아니, 결코 같을 수 없다'고, '엄마가 정말 나를 위했다면, 그러면 안 되는 거'였다며 입술을 깨물었다. 엄마를 그렇게 보내고 수백 번도 더 한 생각이었다. 지우는 용식에게로 가만 시선을 옮겼다. 그러곤 용식의 작고 완벽한 얼굴을 한참 들여다봤다. 맑은 주황빛 테두리를 두른 용식의 커다란 눈이 오늘따라 유독 아름다워 보였다.

―세상에 너랑 나랑 둘뿐이야.

―……

―알고 있니?

용식이 눈꺼풀 없는 눈으로 지우를 빤히 응시하다 허공에
좁고 가는 혀를 내밀었다.

5

　11월 마지막날. 멀리 교도소 마스코트인 노란 곰 두 마리가 두 팔 벌려 채운을 환영하는 모습이 보였다. 제복 차림에 관대한 미소를 지닌 곰이었다. 채운은 그 미소를 무표정하게 바라보며 터벅터벅 건물 안으로 들어갔다. 곰 뒤로 '새 삶을 열어주는 교정 행정'이라는 문구가 보였다. 채운은 안내 직원에게 예약증을 받고 대기실 의자에 앉아 순서를 기다렸다. 면회 신청자들이 여럿 보였지만 여느 때처럼 서로 말을 걸거나 눈을 마주치지 않았다. 채운은 시선을 아래로 깐 채 손에 든 예약증을 바라봤다. 가로로 긴 종이에 엄마 박태선의 수용 번호와 이름, 접수 일자 및 채운의 인적사항이 적혀 있었다. '그날' 이후 법정에서 검찰은 태선에게 오 년을 구형했고, 재판부에서는 삼 년 육 개월을 선고했다. 태선은 항소하지 않은 채 지금까지 이곳에서 십 개월 가까이 지내고 있었다. 채운이 예약증을 보다 그날 일을 떠올렸다. 이곳에 올 때마다, 아니 평소에도 자주 생각하는 장면이었다.

—저기요! 잠깐만요, 잠깐만요!

그날 밤, 채운은 숨을 몰아쉬며 다급히 경찰을 불러 세웠다. 혼란과 초조, 슬픔과 두려움이 섞인 얼굴을 하고서였다. 경찰차에 오르기 전 엄마가 걸음을 멈추고 채운을 돌아봤다. 놀라울 정도로 침착한 동시에 넋이 나간 눈빛이었다. 그 밤, 아버지는 의식을 잃은 채 부엌 바닥에 쓰러졌고 엄마는 충격을 받은 얼굴로 그 자리에 얼어붙었다. 엄마는 최대한 정신을 차리려 애쓰며 덜덜 떠는 손으로 경찰서에 전화했다. 그러곤 몹시 떨리는 목소리로, 그러나 단호하게 말했다.

—저기요…… 제가 사람을 찌른 것 같아요.

채운이 접견실 복도 초입에 걸린 전광판을 바라봤다. 병원 예약자 명단마냥 접견 대기자 이름과 접견실 번호가 떠 있었다. 채운은 오늘 3호실에서 엄마를 만날 예정이었다. 채운이 안내 방송을 따라 자리에서 일어났다. 그러곤 복도 끝 보관함에 휴대전화를 넣고 천천히 접견실로 이동했다. 투명 창 너머로 엄마 얼굴이 보였다. 볼살이 좀 빠진 듯했으나 깊고 검은 눈동자만큼은 여전히 작은 횃불처럼 타오르고 있었다. 아직 무언가 포기하지 않은 눈, 자기 안의 문제를 종료시키지 않은 눈이었다. 그 눈을 보자 채운은 조금 안심이 됐다.

—올 때 안 힘들었어?

—응. 평일이라 금방 왔어.

—밥은?

—버스 터미널에서 김밥 사 먹었어.

접견 시간을 최대한 아껴 써야 함을 알면서도 두 사람은 사소한 안부부터 나눴다. 사실 어느 때는 주어진 십 분 내내 일상적인 대화만 이어가기도 했다. 채운이 조금이라도 그날 얘기를 꺼내려 하면 태선이 필사적으로 화제를 돌렸기 때문이었다.

—거긴 왜 그래?

태선이 오른손으로 왼쪽 손목을 감쌌다. 손목에 방수 밴드가 붙어 있었다.

—그냥…… 일하다가.

―무슨 일?

태선이 방수 밴드를 만지작거렸다.

―취사실에서 살짝 데었어.

채운이 투명 창 쪽으로 상체를 기울였다.

―괜찮아?

태선이 수의 소매를 아래로 잡아당겼다.

―응. 별거 아니야.

두 사람은 잠시 침묵했다.

―뭉치는 잘 있고?

채운이 애써 희미하게 웃었다.

―응. 어제 잠깐 잃어버렸었는데 금방 찾았어. 다행히 선이가 예뻐해. 산책도 자주 시켜주고. 그래서 뭉치도 그나마 견디는 것 같아.

―잃어버렸다니 무슨 소리야, 왜?

―신경쓰지 마. 아무것도 아니야.

사실 이모와 이모부는 뭉치를 불편해했다. 큰 덩치로 온 집안을 헤집고 다니는 뭉치의 침 자국과 발톱 자국, 털 빠짐과 짖는 소리를 힘들어했다. 게다가 먹성은 또 얼마나 좋은지 사료가 떨어질 때마다 채운은 이모 부부의 눈치가 보였다. 이모 부부는 뭉치가 거실로 나올 때면 의도치 않게 채운

앞에서 자주 한숨을 내쉬었다. 뭉치도 지금 자신의 처지를 이해하고 있는 것처럼 보였다. 채운이 방문을 열면 문턱으로 다가와 턱을 바닥에 대고 앉을 뿐 누군가 이름을 부르기 전에는 거실로 잘 나오지 않았다. 다행히 선이가 뭉치와 잘 놀아줬지만 활동량이 많은 뭉치는 뭉치대로 스트레스가 큰 듯했다. 그때마다 채운은 뭉치를 데리고 밖에 나가 최대한 시간을 때우다 들어오곤 했다. "뭉치 네가 괜히 나 때문에 고생한다"면서.

─이모는 잘해줘?

채운이 반박자 늦게 대꾸했다.

─그럼.

─……

─그런데 이모 가게가 좀 어려운가봐.

태선이 고개를 끄덕였다.

─요새 다들 어렵지.

─그래도 이모가 반찬가게 하는 덕에 밥은 안 굶어.

실제로 채운이 보기에 이모네 가족은 '먹는 일'에 진심이었다. 처음 이모 집에 왔을 때 채운은 식탁을 둘러싼 동물적인 열기랄까 집중력이 좀 부담스러웠다. 여러 개의 수저가 분주히 식기에 부딪히며 내는 소리와 식탁을 뜨겁게 달구는 섭식의 에너지가 낯설었다. 채운도 근육량이 많아 식욕이 좋은 편이었는데 그랬다. 어쩌면 '나도 끼워달라'는 듯 식탁 주변을 맴도는 뭉치를 이모부가 발로 차듯 밀어내는 걸 보고 더 그랬는지 몰랐다.

―집은?

태선의 물음에 채운은 비로소 자신이 오늘 여기 온 이유를 자각했다.

―팔렸어?

―아직. 소문 때문인지 전세 들어온다는 사람도 없나봐.

―소문?

채운이 슬쩍 엄마 눈치를 보며 '칼부림'이라는 단어를 쓰지 않으려 애썼다.

―……험한 일이 생긴 집이라고.

태선이 허탈한 웃음을 지었다.

―그래?

―응.

―……

―당숙이 집이 경매에 넘어갈 거라고 해. 전에 잠깐 얘기했지?

채운은 며칠 전 통화 내용을 되짚었다. 엄마와 전화 접견으로 나눈 얘기였다. 평소 아버지가 '상구 형'이라 부르는 당숙은 외동에 조실부모한 아버지가 친척 중 가장 믿고 따르는 사람이었다. 당숙은 채운에게 "은행에서 임의경매라는 걸 진행할 텐데, 그 집 시세가 오억이니 경매로는 아마 삼억 정도 받을 거다. 그런데 집 대출이 일억 오천 정도 남은 걸로 안다. 삼억에서 원금이랑 이자 갚고 어쩌고 하면 아마 네 수중에 팔천에서 팔천오백 정도 떨어질 텐데 그래도 괜찮겠냐?" 했다. 채운은 당숙의 말을 하나도 놓치지 않고 들으려 노력했지만 잘 이해가 되지 않았다. 당숙이 갑자기 자신 앞에 어른의 세계를 가져온 느낌이었다. 당숙은 잠시 뜸을 들이다 어색하게 다음 말을 이어갔다. "그런데 너도 알다시피 네 아버지가 커피 사업할 때 내게 빌린 돈이 오천이다. 내가 너 얼굴 봐서 이자는 안 받을 생각이다. 그러면 너한테 삼천에서 삼천오백 정도 남을 텐데 그걸로 네가 아버지 병원비를 계속 대는 게 어떻겠냐?" 당숙은 뭔가 망설이듯 입술을 달싹이다 나지막이 "나도 더이상은 못하겠다"고 했다. 그러곤 아버지가 써준 차용증을 보여주며 "필요하다면 사진 찍어놔도 괜찮다"고 했다.

— 엄마 생각은 어때?

엄마에게 지금 이렇다 할 권리가 없다는 걸 알면서도 채운은 엄마의 의견을 묻는 게 순서라고 생각했다. 태선은 잠시 생각에 잠긴 표정을 짓다 가볍게 답했다.

—너 좋을 대로 해.

채운은 엄마가 출소 후 태주 이모에게 뭔가 보답하고 싶어한다는 걸 알았지만 잠자코 있었다. 앞으로 아버지 병원비로 얼마나 더 많은 돈이 나갈지 알 수 없었다. 이모에게는 자신이 어떻게든 신세 진 걸 갚아갈 계획이었다. 오 년이 걸리든 혹은 십 년이 걸리든. 태선이 채운을 빤히 바라보다 걱정스러운 눈빛을 비쳤다.

—좀 부은 것 같네.

채운이 엄마의 시선을 피했다.

—운동 그만둬서 그렇지, 뭐.

작년 초 채운이 다리 부상으로 팔 년간 해온 축구를 그만둬야 했을 때 태선은 그게 무얼 뜻하는지 알았다. 태선은 수술을 앞둔 채운에게 "머리를 다치지 않아 다행이다"한 반면 기준은 "너한테 지금껏 쏟아부은 돈이 얼마인데" 하고 혀를 찼다.

—엄마.

채운이 시계를 보며 접견 시간이 얼마 남지 않았음을 의식했다.

─응?

─우리 반에 걔 있어.

─누구?

─그때 같은 연립에 살았던 애.

─……

─왜 우리 자주 갔던 돼지갈빗집 있잖아. 걔네 어머니가 거기서 일하셨잖아. 그애도 몇 번 보고.

─그래? 근데 왜?

채운이 주저하다 목소리를 낮췄다.

─걔가 뭘 본 것 같아.

접견실에 둘을 감시하는 사람은 따로 없었지만 채운은 이곳의 모든 말이 녹음되는 걸 알았다. 전화나 화상 접견도 마찬가지였다.

─뭘?

채운이 이곳에 오는 길에 인터넷 카페에서 본 〈내가 본 것〉이라는 만화를 떠올리며 답했다.

─모르겠어. 그냥 뭔가 아는 것 같아.

─우리 일을?

─어.

태선이 도통 이해가 안 된다는 표정을 지었다.

―그럴 리가 없잖아.

그래, 그럴 리 없었다. 한밤중 동네에 구급차와 경찰차가
들어와 사람들이 웅성거리는 중에 우연히 그 광경을 목격했
을지 몰라도 채운네 집안에서 벌어진 일까지 알 수는 없었
다. 그걸 아는 사람은 오직 셋, 채운과 태선, 기준뿐이었다.
그중 그에 대해 발설한 이는 아무도 없었다. 현재 아버지는
의식이 없고 엄마는 교도소에 있었다. 그런데도 채운은 불
안한 마음을 떨칠 수 없었다.

―채운아.

―응?

―너 혹시라도……

순간 마이크가 꺼졌다. 하지만 채운은 알 수 있었다. 엄마
가 그날 밤 자신의 귓가에 대고 한 말과 똑같은 말을 했으리
란 걸. 그런 얘기를 한 게 비단 이번만은 아니었으니까.

그 밤, 만취한 아버지는 엄마를 칼로 위협했다. 채운은 그
칼을 뺏으려 아버지와 몸싸움을 벌였다. 그런데 어느 순간
정신을 차리고 보니 아버지가 바닥에 쓰러져 있었다. 사방
이 문득 고요해진 와중에 그때껏 아버지를 향해 크게 짖던

뭉치가 채운 옆에 와 앉았다. 그러곤 바들바들 떠는 채운의 손등을 혀로 가만히 핥아주었다. 더 놀라운 일은 그다음에 일어났다. 엄마가 바닥에 떨어진 칼을 주워 개수대 수돗물로 씻었다. 그러곤 부엌 바닥에 고인 피를 자기 손과 티셔츠에 묻힌 뒤 경찰서에 전화했다. 얼마 지나지 않아 집에 경찰이 왔고 엄마는 순순히 그들을 따라갔다. 채운은 그 자리에 멍하니 서 있다 뒤늦게 엄마를 쫓아나갔다. 그러곤 구급차의 어지러운 경광등과 구경꾼의 웅성거림 사이에서 정신없이 엄마를 찾아 헤매다 막 경찰차에 오르려는 엄마를 발견하고 다급히 외쳤다.

─저기요! 잠깐만요, 잠깐만요!

엄마가 걸음을 멈추고 채운을 돌아봤다. 두 눈에 애틋함과 불안이 섞여 있었다. 한편으로는 채운을 나무라는 것도 같았다. 채운은 어서 모든 걸 바로잡고 싶었다. 경찰차에 탈 사람은 나라고, 엄마는 아무 잘못이 없다고, 그러니 나를 잡아가라고 모두에게 말하려 했다. 그런데 채운이 막 입을 열려는 순간 엄마가 경찰에게 "우리 애가 많이 놀란 모양인데 가기 전에 한 번만 안아주면 안 되나요?" 물었다. 경찰은 잘 훈련된 무표정한 얼굴로 짧게 고개를 끄덕였다. 엄마가 피묻은 티셔츠 차림으로 채운에게 다가왔다. 그걸 보자 채운은 왈칵 눈물이 날 것 같았다. 그 밤, 채운을 힘껏 품에 안은 엄마는 채운의 귀에 대고 오직 채운만 알아들을 수 있도록 조그맣게 속삭였다.

　—너 여기서 한마디라도 하면 이번에는 엄마가 죽어. 죽을 거야.

6

성탄절을 하루 앞둔 저녁, 소리가 사육장 속 물그릇과 먹이 그릇을 살핀 뒤 바닥의 똥 상태를 확인했다. 배설물 위로 푸르스름한 윤기가 돌았다.

—잘 잤어?

고사리숲 사이로 용식의 불그스름한 눈 테두리가 보였다.

—나는 조금 있다 자려고.

어둠 속에서 용식의 노란 홍채가 고요히 빛났다. 검은 눈동자가 불길한 경외심을 일으켰다. 아기 때 용식의 홍채는 하늘색이었다는데. 여러 번 허물을 벗으면서도 여전히 자신인 채 존재하는 기분은 어떨지 궁금했다. 그 과정에서 어떤 것은 버리고 어떤 부분은 간직하는지, 눈동자에 허물이 덮여 세상이 뿌옇게 보일 때면 무섭지 않은지도.

—용식아.

소리가 용식의 조그마한 역삼각형 얼굴을 가만 들여다봤다.

—메리 크리스마스.

용식이 고개를 갸웃대다 먼 곳을 봤다. 소리가 작은 플라스틱 크리스마스트리를 사육장 안 코코넛 피트에 꽂았다. 어젯밤 아빠 호민이 사온 생크림케이크에서 따로 떼어둔 거였다. 마음 같아서는 용식에게 산타 모자도 씌워주고 사육장 둘레에 알전구도 두르고 싶었지만 참았다. 용식이 온도에 민감할뿐더러 사람 손이 자주 닿으면 스트레스를 받는다는 얘기를 들어서였다. 소리는 그게 크게 서운하지는 않았다. 오히려 마음이 놓였다. 그동안 누군가의 손을 만진 뒤좋은 일이 생긴 적이 별로 없었기 때문이다.

—기다려, 누나가 밥 줄게.

소리가 부엌으로 가 냉장고를 살폈다. 때마침 개수대에서 컵을 씻던 호민이 고개 돌렸다.

—아주 정성이셔.

소리가 냉장실에서 사각 플라스틱 용기를 꺼냈다.

―도마뱀 말고 아빠한테도 좀 잘해봐라.

소리는 호민에게 시선을 주지 않은 채 무심히 응했다.

―얘는 아직 애잖아.

호민도 지지 않고 답했다.

―나도 우리 엄마 앞에서는 아직 애거든?

소리가 손에 이상이 생기고 성격이 방어적으로 바뀐 뒤에도 호민은 전처럼 장난칠 수 있는 몇 안 되는 사람이었다. 소리가 호민을 놀리는 듯한 표정을 지으며 방으로 쏙 들어갔다. 그러곤 문밖으로 고개만 내민 채 한마디했다.

―도마뱀 아니고 용식이거든?

소리가 책상에 사각 용기를 내려놓고 뚜껑을 열었다. 통풍구에 망 처리가 된 반투명 용기였다. 안에는 동면중인 갈색거저리 유충떼가 밀기울 속에 잠겨 있었다. 며칠 전 스티로폼 상자째 배달 온 걸 일일이 소분한 거였다. 스티로폼 상자 겉면에는 '본 상품은 생물이라 반품 및 교환이 불가합니다'라고 적힌 스티커가 붙어 있었다. 작은 용기에 담겨 냉장실로 옮겨진 유충들은 죽은듯 잤다. 그렇다고 마냥 그대로 두면 안 되고 삼사 일에 한 번은 녀석들을 깨워 오이나 양상추로 수분을 공급해줘야 했다. 그럼에도 몇 마리는 검게 죽어 있었다. 소리가 사각 용기에서 건강한 애벌레를 골라 용식의 밥그릇에 옮겼다. 먹이가 쉽게 밖으로 기어나올 수 없게 윗면이 안으로 둥글게 휜 그릇이었다. 지우 말대로 용식은 크고 활달한 벌레보다 작은 벌레를 더 좋아했다. 소리 눈에는 다 똑같아 보여도 저마다 맛이 다른 듯했다. 용식이 날렵하게 유충을 입에 물고 귀족처럼 느긋하게 식사를 즐겼다. 멀뚱멀뚱한 두 눈과 달리 척추부터 꼬리까지 이어지는 잿빛 가시가 새삼 늠름해 보였다. 소리는 주머니에서 휴대전화를 꺼내 사육장 앞에 갖다댔다. 그러곤 플라스틱 크리스마스트리를 배경으로 밥 먹는 용식을 찍어 지우에게 보냈다.

일주일 전 처음 만났을 때 용식은 지우가 손에 든 나일론 가방에 담겨 있었다. 소리는 가방 위로 드러난 사육장 지붕을 보고 용식이 거기 있음을 알아챘다. 지우는 문자를 주고받을 때와 달리 소리를 보자 무척 어색해했다. 그러곤 소리와 서툰 인사를 나누자마자 자신이 계산하겠다는 의지를 강하게 비치며 아이스크림 진열장으로 향했다. 지우가 손동작이 큰 농구 선수처럼 계산대 쪽을 지키며 다급하게 물었다.
　─뭐 먹을래?
　소리는 일부러 진열장에서 눈을 떼지 않고 답했다.

—베리 베리 스트로베리.

—……

—너는?

지우가 귀가 빨개진 채 겨우 답했다.

—그럼 나는 슈팅 스타.

두 사람은 서로 다른 색깔의 아이스크림을 앞에 두고 마
주앉았다. 그러곤 한동안 무슨 말을 해야 할지 몰라 숟가락
으로 아이스크림만 휘저었다.

—참, 그때 고마워.

—뭐가?

—조문 와줘서. 네가 와서 놀랐어.

소리 얼굴에 문득 그늘이 졌다. 소리는 지우 어머니가 동
네 아주머니들과 함께 동해에 놀러갔다 사고로 돌아가신 걸
알고 있었다. 한밤중 홀로 방파제를 산책하다 발을 헛디디
셨다는데 더 자세한 사정은 알지 못했다.

—어머님은 잘 모셨어?

—응, 잘 모셨어.

소리는 이 년 전 엄마 장례식을 떠올렸다.

—그러고 나면 할일 많지?

—응.

—······

—그런데 그런 건 선호 아저씨가 거의 다 하고 계셔.

—아저씨?

—어, 우리 엄마 애인.

소리가 놀란 기색 없이 차분히 말을 이었다.

—우리도 아빠가 거의 다 했어.

얼마 뒤 지우가 다시 입을 열었다.

—그리고 그림도 고마워.

—그림?

—어. 〈눈송이〉. 네가 준 거 아니야?

소리가 살짝 수줍어하며 "맞아"라고 답했다. 반에서 입시 미술을 하는 친구는 자기밖에 없어 발뺌해도 소용없을 것 같았다. 소리가 멋쩍은 얼굴로 화제를 돌렸다.

—나도 〈용식 일기〉 잘 보고 있어.

지우 귀가 다시 붉게 달아올랐다.

—알고 있었어?

—나도 회원이거든. 그런데 딴 애들은 잘 모르는 것 같더라.

—응. 한 번도 말 안 했으니까.

소리는 그간 〈용식 일기〉를 따라 읽으며 '용식이'와 '용식이 형'에게 깊은 애정을 느꼈다. 하지만 그게 지우 작품일 거라고는 상상 못했다. 그래서 올해 초 자기소개 시간에 지우가 "나는 도마뱀이랑 같이 산다"고 했을 때 그저 신기하게만 여겼다. '어? 나도 그런 사람 아는데' 하고. 그때는 그냥 지나갔는데, 어느 날 담임 지시로 수업 전 휴대전화를 건다 지우 휴대전화 화면에 깔린 사진을 보고 깜짝 놀랐다. '어? 용식이랑 되게 비슷하다' 싶어서였다. 그러고 얼마 뒤 소리는 지우가 '용식이 형'임을 알았다. 지우 만화에 소리네 학교 교복을 비롯해 눈에 익은 장소가 꽤 등장했기 때문이다. 소리네 학교 운동장에만 있는 이사장님 동상과 밑동에 큰 상처가 난 은행나무 같은 것도 결정적 단서가 됐다.

―그런데 왜 만화야?

―어?

―조각도 있고 뭐 디자인이랑 다른 것도 많은데, 왜 만화인가 해서.

지우가 곰곰 생각하다 어깨를 으쓱했다.

―돈이 덜 들어서?

소리가 풋 하고 웃었다. 그러곤 혹 지우가 그 웃음을 오해

할까 얼른 표정을 단속했다. 소리네도 결코 풍족한 편은 아니나 그래도 소리는 초등학생 때부터 미술 학원에 다니며 입시 미술을 준비하고 있었다.

　―그리고?

지우가 잠시 뜸들이다 자신 없는 투로 답했다.

　―그냥…… 이야기가 좋아서?

순간 소리의 두 눈이 반짝였다.

　―그래? 넌 이야기가 왜 좋은데?

지우가 고개를 갸웃거렸다.

　―끝이…… 있어서?

소리가 신기한 듯 목소리를 높였다.

　―난 반댄데.

　―뭐가?

　―난 시작이 있어 좋거든. 이야기는 늘 시작되잖아.

지우가 잠시 먼 데를 봤다.

　―이야기에 끝이 없으면 너무 암담하지 않아? 그게 끔찍한 이야기면 더.

소리도 시선을 잠시 허공에 뒀다.

　―그렇다고 이야기가 시작조차 안 되면 허무하지 않아? 아무 일도 벌어지지 않잖아.

―그런가?

―응.

지우를 만난 게 불과 일주일 전인데 소리는 벌써 꽤 오래전 일처럼 느껴졌다. 소리는 무표정한 얼굴로 갈색거저리 유충을 와작와작 씹어 먹는 용식을 가만 바라봤다. 그러곤 휴대전화를 만지작거리며 지우의 답장을 한참 기다렸다. 가게 일이 바쁜지 지우는 바로 답신 주는 경우가 드물었다.

'설마 돌아오지 않는 건 아니겠지?'

소리는 바로 고개 저었다. 이렇게 예쁜 용식이를 두고 결코 그럴 리 없다 싶어서였다. 아이스크림 가게에서 헤어지기 전, 지우는 소리에게 사육장과 기내용 캐리어를 넘기며 이런저런 주의 사항을 알려줬다. 문자로도 이미 전한 내용이었다.

―더 궁금한 거 없어?

소리가 고민하다 진지하게 물었다.

―혹시 사람 물어?

순간 지우가 풋 하고 싱거운 웃음을 터뜨렸다. 그날 본 표정 중 가장 밝은 얼굴이었다. 지우와 헤어진 뒤에도 소리는 종종 그 미소를 떠올렸다. 그렇다고 막 엄청난 사랑에 빠졌

거나 한 건 아니었다. 소리는 그저 그 미소를 한번 더 보고
싶었다. 그리고 그렇게 시작된 바람이 어떻게 끝나는지, 혹
은 어떤 시작과 다시 이어지는지 알고 싶었다.

　─밥 더 줄까?

　소리의 물음에 용식이 주저 않고 혀를 날름 내밀었다.

7

지하철역 입구에서 새한빛요양병원까지는 도보로 약 이십 분 거리였다. 역과 병원 사이에는 큰 시민공원이 있었다. 채운은 빨갛게 언 손으로 휴대전화의 지도 앱을 보며 숲을 가로질러 아버지에게 갔다. '그 일' 이후 처음이었다. 그 밤, 아버지는 응급실에서 중환자실로 옮겨졌고, 그뒤 당숙의 도움을 받아 일반 병실에 머물다 요양병원으로 전원했다. 모두 지난 일 년여 사이에 일어난 일이었다. 채운은 몇 차례 심리 상담 뒤 '아버지와의 분리'를 권유받았고 기꺼이 그렇게 했다. 그리고 그런 식으로 아버지와 멀어질 수 있는 명분에 안도했다.

그러다 지난달 당숙에게 아버지의 상태가 호전됐다는 소식을 접하고부터 채운은 잠이 오지 않았다. 갑자기 의식을 찾은 아버지가 무언가 폭로할까 두려웠다. 그렇다고 아버지의 죽음을 바란 건 아니었다. 채운은 그저 아버지가 지금처럼 있어주길 바랐다. 의식 없이, 병원에서. 하지만 그전에 아버지의 상태를 확인해야 했다. 그래야 어떤 일이 닥쳐도 마음의 준비를 할 수 있을 것 같았다. 용기 내 예약 날짜를 잡을 때와 달리 막상 면회 시간이 다가오자 채운은 불안했다. 그사이 아버지가 많이 변했을까봐, 혹은 변하지 않았을까봐.

채운이 기억하기로 아버지는 구태의연한 말을 의기양양하게 하는 사람이었다. 삶에서 진부한 교훈을 추출해 남들에게 설파하기를 즐기는 사람. 그러나 본인은 그 교훈대로 살지 않는 사람이었다. 언젠가 티브이에 여행 프로그램이 나왔을 때도 그랬다. 여행자가 러시아의 한 공예품점에 들어가 '마트료시카를 살 땐 맨 마지막 것까지 채색이 잘 되어 있는지 꼭 확인하라'고 하자 아버지는 비웃는 투로 말했다.

─저것 봐라. 인간들은 틈만 나면 서로 속이고 거짓말하고 등쳐먹으려 한다.

─……

─그러니 너도 정신 똑바로 차리고 살아.

아버지는 젊었을 때 의류 회사에 다니다 결혼 후 대학가에 호프집을 차려 큰돈을 벌었다. 그러곤 채운이 중학생이었을 때 그 돈으로 커피 유통 사업을 벌이다 실패한 뒤로 집에서 주식 창만 보고 살았다. 말이 '전업 투자자'지 수익은 거의 내지 못했다. 아버지는 거실 한가운데 사무용 책상을 들인 다음 여러 대의 모니터를 올려두고 종일 그래프와 숫자만 보고 지냈다. 부엌이나 욕실에 가려면 반드시 거실을 지나쳐야 했는데, 아버지는 식구들의 그런 불편 따위는 아랑곳하지 않는 것 같았다. 아버지는 주식 커뮤니티에서 자기 마음에 안 드는 이들을 보면 자주 훈계하고 조롱하며 싸웠다. 어느 때는 좀 집요하다 싶을 정도였다. 채운은 어느 날 부엌에 물 마시러 나왔다 아버지가 인터넷에서 누군가를 말 그대로 '조지며' 중얼거리는 소리를 들었다.

─복수는 원래 정성으로 하는 거거든.

키 큰 겨울나무가 즐비한 시민공원을 가로질러 요양병원 입구에 도착하자 주위에 잘 가꿔진 화단과 주차장, 편의점과 커피숍 등이 보였다. 화단 근처에서 몇몇 사람이 피켓을 들고 뭐라 소리치는 모습이 눈에 들어왔다. '종교단체인가?' 갸웃대다 아무래도 뭔가 귀찮은 서명을 요구할 듯해 채운은 그 앞을 빠르게 지나쳤다. 그런데 반백에 둥근 뿔테안경을 쓴 아주머니가 채운에게 다가와 전단 한 장을 내밀었다.

—혹시 여기 가족분 계시니?

—아, 네.

—그럼 이거 한번 읽어보고 주위 어른들한테도 전해드리지 않을래?

채운이 전단 내용을 흘깃 살폈다. 반질거리는 종이에 '새한빛요양병원 환자 학대 방지 및 조치를 위한 보호자 모임'이라는 글자가 적혀 있었다.

—우리 모임 가족 중에 병이 더 악화되거나 돌아가신 분이 계시거든.

아주머니는 차분한 투로 말을 이었다.

—비슷한 일 당하신 분들이랑 대책을 마련하는 중이니까 혹시 문제 생기면 이쪽으로 연락 줘.

채운이 난처한 듯 아주머니의 시선을 피했다.

—어…… 저는…… 필요 없…… 아니, 어, 괜찮을 거 같아요.

그러곤 잘못이라도 저지른 사람처럼 잰걸음으로 그곳을

벗어났다.

일층 안내 직원의 설명을 들은 뒤 채운은 승강기에 올랐다. 그러곤 멍하니 층 표시기의 숫자를 응시했다. 주위에서 왠지 기분 나쁜 냄새가 났다. 알코올향보다 훨씬 차갑고 섬뜩한 냄새였다. 향이라기보다 기운에 가까운 무엇이었다. 채운은 숨을 멈추고 미간을 찌푸린 채 승강기 문이 열리기만을 기다렸다.

면회실은 일인실 병실을 비워 만든 황량한 공간이었다. 이렇다 할 가구나 소품 없이 휠체어나 침대가 들어올 수 있는 자리만 마련해둔 데였다. 채운은 아버지를 기다리며 창밖을 응시했다. 멀리 시민공원의 헐벗은 겨울나무들이 바람에 휘청이는 모습이 보였다.

'지금이라도 돌아갈까?'

아버지가 지금 대화를 할 수 없는 상태임을 알면서도 아버지를 만나면 무슨 얘기를 해야 할지 걱정됐다. 동시에 아버지와 이야기를 나누다보면 자신도 무언가 중요한 답을 얻으리라는 이상한 기대가 일었다. 그게 어떤 질문에 대한 답인지도 잘 모르면서.

'아버지는 내게 사과받고 싶을까?'

채운이 고개 저었다.

'아니. 사과는…… 우리가 먼저 받아야 할 것 같은데.'

겨울바람에 흔들리는 나무에서 눈을 떼지 않은 채 채운은 생각했다.

'그래도 사람들은 나를 욕하겠지. 천륜을 저버린 자식이라고.'

얼마 뒤 한 남자가 바퀴 달린 철제 침대를 끌고 면회실로 들어왔다. 오십대 중반 정도로 보이는 스포츠머리의 건장한 남성이었다. 채운이 어색하게 목인사를 건네자 간병인은 "오기준씨 보호자분 되시죠?"라며 환자와의 관계를 확인했다. 채운은 '보호자'란 말에 위화감을 느꼈다. 아버지와 자기 사이의 공고하던 권력관계가 순식간에 바뀐 것 같아서였다.

허락된 면회 시간은 이십 분이었다. 간병인이 채운에게 간단한 주의 사항을 일러준 뒤 자리를 떴다. 자기는 저기 휴게실에 있을 테니 필요하면 언제든 부르라면서. 이윽고 아버지와 단둘이 남겨진 채운은 그 자리에 꼼짝 않고 서서 아버지를 보았다. 아버지는 코에 고무관을 낀 채 등판을 십오 도쯤 세운 침대에 맥없이 누워 있었다. 구급차에 실려갈 때만 해도 머리가 검었는데 그사이 염색이 다 빠져 흰머리가 도드라져 보였다. 기름기 없는 양볼도 전보다 움푹 파이고 체중도 꽤 준 듯했다. 아버지는 여전히 아버지 같으면서도 아버지 같지 않았다. 몸의 근육도, 기력도, 물기도 모두 줄어든 듯했다.

'그런데도 그때는 아버지가 왜 그렇게 커 보였을까? 왜 그토록 두렵고, 왜 그렇게 압도당했을까?'

채운은 자신이 이렇게 늙고 무력한 남자를 오랫동안 무서워했다는 사실에 당황했다. 동시에 아버지가 당장이라도 자리에서 일어나 자신을 쏘아볼 것 같아 두려웠다. 아버지가 남들 다 보는 데서 자신에게 실컷 욕을 퍼부은 뒤 "아, 미안. 내가 거짓말을 잘 못해서"라고 으스댈 것 같았다. 아버지는 자신이 빈말 못하고 솔직하다는 사실을 늘 자랑스러워했다. 실은 그게 어떤 무능을 뜻하는지 잘 알지 못하면서. 침대에서 묘한 비린내와 배설물 냄새가 났다. 병원에서 관리를 안 하는 건지 환자에게 으레 있는 일인지 알 수 없었다. 각질이 허옇게 인 아버지의 손등 위로 시퍼런 멍자국이 보였다. 주삿바늘 때문에 생긴 자국인 듯했다. 가만 보니 이불 밖으로 살짝 삐져나온 발뒤꿈치에도 아기 주먹만한 크기의 멍이 보였다. 말로만 듣던 욕창인 것 같았다. 보이는 데가 이러면

엉덩이나 허리 쪽은 아마 더 심할 듯했다.

'이상하다. 분명 상태가 호전됐다 했는데.'

채운은 혼란스러웠다. '이 정도가 호전이면 그전에는 어 땠다는 거지?' 싶어서였다.

'만약 아버지가 여기서 나쁜 대우를 받는다면, 그럼 나는 기뻐해야 하나?'

채운은 자문했다.

'아니면 아까 정문 앞에 있던 분들처럼 나도 뭔가 해야 하 나?'

채운이 쓴웃음을 지었다.

'……내가? ……왜?'

사방이 고요한 가운데 아버지의 불규칙한 숨소리와 더불 어 희미한 온열기 소리가 들려왔다. 채운은 마른침을 삼키 며 그날 일을 떠올렸다. 속으로 '또 시작이다' 중얼거렸던 날. '하지만 이건 매번 시작되는 시작이라 시작이 아니다'라 며 괴로워한 밤을. 아버지는 엄마에게 '그 새끼가 있는 곳을 말하라'며 평소보다 더 난리를 쳤다. 엄마는 '그게 대체 무 슨 말이냐'며 억울해했다. "그럼 내가 저절로 불게 해줄게" 라며 아버지가 칼을 들었다. 채운은 '이건 매번 시작되는 시 작이라 시작이 아니다. 그런데 이번에는 뭔가 다르다. 아버지가 정말 뭔가 끝장낼 것 같다' 생각했다. '아버지를 이대로 놔두면 엄마가 죽을지도 모른다'고. 아버지를 항상 무서워하고 피해오기만 하던 채운은 그날 처음으로 아버지에게 달려들었다. 아버지를 죽이려고 그랬던 건 아니었다. 결과 따위 계산할 정신도 틈도 없었다. 채운은 그저 어떤 '시작'을 끝내고 싶었다.

—아빠.

아버지는 아무 반응이 없었다. 아이처럼 무방비한 얼굴로 잠든 아버지의 날숨에서 심한 구취가 났다.

—……

—들려?

순간 아버지가 큰 소리로 기침을 했다. 채운은 놀라 뒤로 넘어질 뻔했다. 심지어 울음이 터져나올 뻔했다. 아버지가 자신의 목소리를 알아듣고 반응한 것 같아서였다. 채운은 그런 자신에게 몹시 실망했다. '이래서, 겨우 이런 나라서, 우리가 그렇게 당해온 것 같아서.' 아버지는 언제 그랬냐는 듯 다시 무구한 얼굴로 잠에 빠져들었다. 채운은 애써 스스로를 진정시켰다. 이건 그저 단순한 생리작용일 뿐이라고, 의식이나 이성과는 상관없는 일이라고. 하지만 여전히 뭔가 확인하고픈 충동이 일었다. 채운은 조심스레 아버지에게 다가갔다. 그러곤 아버지를 향해 속삭이듯 말했다.

　―아빠.

　―……

　―아빠, 자?

　―……

　―그래, 자.

8

성탄절 아침, 지우는 휴대전화로 바깥 날씨를 살폈다. 아침부터 계속 눈이 내려 사람들은 모두 들뜬 얼굴로 집에 갔지만 지우는 몸살기 때문에 숙소에 있었다. 흔히 말하는 '숙식 노가다'는 보통 투룸에 세 명에서 다섯 명 정도가 묵거나 원룸에 두 명이 묵는 식이었다. 혹은 방 세 개짜리 아파트를 여덟 명이 쓰는 경우도 있었다. 지금 지우가 머무는 K시의 투룸에도 군대에서 갓 제대한 진구 형과 오팀장님, 김씨 아저씨를 포함해 네 명이 살았다. 방 두 개는 각각 고참들이 차지해 지우와 진구 형은 거실에서 잤다. 바닥에 얇은 요 하나씩을 깔고 머리맡 또는 거실 구석에 배낭이나 여행용 캐리어를 두고서였다. 지우도 검은색 백팩에 작은 스케치북과 연필, 속옷과 세면도구 등 최소한의 물품만 넣어 왔다. 엄마의 마지막 선물인 태블릿 피시와 전자 펜도 잊지 않았다. 지우에게는 그 가방이 옷장이자 사물함, 찬장이자 책장이었다. 물론 지우가 가져온 책이라고는 태블릿 피시에 담긴 전자책과 만화가 전부였지만, 그중 한 권도 제대로 읽지 못할 정도로 지우는 늘 녹초가 돼 갔다.

처음 집을 나왔을 때 지우 통장에는 대략 백만원 정도가 있었다. 어려서부터 조금씩 모은 세뱃돈과 용돈, 알바비 등을 합한 거였다. 거기서 숙소 생활에 필요한 용품을 사니 금세 돈이 줄었다. 지우가 현장 일 중 가장 힘든 편에 속하는 '동바리' 작업에 지원한 것도 조금이나마 일당을 더 받기 위해서였다. 콘크리트의 무게를 지탱하기 위해 임시로 사용되는 동바리를 설치하는 작업은 일당이 일이만원 더 셌다. 작업 첫날 안전교육을 받을 때만 해도 지우는 여느 순진한 청년들마냥 앞으로 공수만 잘 채워도 목돈을 만질 거라 기대했다. 하루에 정해진 시간대로 일하는 것이 1공수였고, 거기에 추가 근무를 해서 1.5공수나 2공수를 찍을 수도 있었다. 하지만 불과 하루도 지나지 않아 그게 얼마나 순진한 생각이었는지 깨달았다. 물론 어떤 형들은 하루에 2공수까지 감행했지만, 지우로서는 엄두가 안 나는데다 고참들도 말리는 양이었다. "그러다 정말 죽는 수가 있다"면서.

지우는 보통 새벽 다섯시쯤 일어나 팀원들과 함바 식당에서 아침을 먹었다. 찐 밥에 묽은 된장국, 양배추샐러드와 어묵볶음이 단골 메뉴로 나오는 곳이었다. 식사를 마치면 대단지 아파트 공사 현장으로 들어갔다. 사무실에 들러 안전모와 안전벨트를 착용하고, 조회와 국민체조를 마친 뒤 네시간 정도 일하다 점심을 먹고 다시 오후 작업에 들어갔다. 퇴근 후에는 숙소에서 휴대전화를 보며 쉬거나 그림을 끄적였고 못해도 열시에는 잠자리에 들었다. 애주가인 진구 형조차 그 시간에는 꼭 눈을 붙였다. 그러지 않고는 몸이 견뎌내지 못하는 걸 알아서였다.

그렇게 하루를 일하면 일당이 십사만원가량 됐다. 일요일을 제외하고 하루도 쉬지 않고 일하면 두 달 동안 대략 칠백만원을 모을 수 있었다. 지우는 그걸로 보증금 오백에 월 삼사십만원쯤 하는 방을 구하면 되겠다고 계산했다. 앞으로 거기서 용식이랑 단둘이 살 거라고. 그럼 선호 아저씨에게 짐이 되지 않는 동시에 엄마 흔적이 가득한 집에서도 벗어날 수 있었다. 지우는 엄마가 남긴 돈에는 조금도 손을 대고 싶지 않았다. 보험사의 심사 결과와 무관하게 엄마의 목숨값으로 무언가 하는 순간 자신이 '엄마의 선택'을 수긍하는 셈이 될 것 같아서였다. 자신이 아무리 잘된들 결과적으로는 엄마가 옳았음을 증명하는 꼴이 될까봐. 지우가 무리하게 용식을 소리에게 맡기고 이 먼 도시까지 떠나온 데는 다 이유가 있었다.

지우가 싸구려 나일론 이불을 턱끝까지 끌어올린 뒤 떨리는 손으로 태블릿 피시를 켰다. 그러곤 전자 펜을 쥔 채 뭔가 그려보려 노력했다. 〈내가 본 것〉 2화를 카페에 올린 뒤로는 아무것도 그리지 못하고 있었다. 잠깐이나마 '오늘의 베스트' 순위에 올랐던 것도 그렇지만, 지우는 제 속에 아직 해소되지 않은 이야기가 있음을 알았다. 강렬한 경험이지만 여전히 해석이 잘 안 되는 몇몇 기억 때문이었다. 지우는 그걸 이야기로 한번 풀어보고 싶었다. 한마디로 요약되지 않고, 직접 말했을 때보다 그림으로 그렸을 때 훼손되는 부분이 적은 어떤 마음을. 그러다보면 자신도 그 과정에서 뭔가 답을 알게 될 것 같았다. 혹은 다른 질문을 발견하거나.

사실 지우가 처음 그림에 관심을 가진 건 열두 살 때였다. 유튜브에서 우연히 '선선한 바람'을 만나고서였다. 구독자들이 계정주를 '선선線線'이라 부르는, 주로 그림 관련 동영상이 올라오는 채널이었다. 선선은 화면에 오직 자신의 손과 목소리만 공개했다. 구독자도 적고 영상 연출도 특별할 게 없었지만 지우는 그 채널을 좋아했다. 특히 일 나간 엄마를 기다리며 빈방에 혼자 있을 때 그녀에게 의지했다. 선선이 손에 연필을 쥔 채 차분하게 뭔가 그리는 모습도 좋았고 무언가를 설명하는 목소리에도 마음이 끌렸다. 그녀의 목소리에는 오랜 시간 지우가 원했고 지금도 바라 마지않는 중요한 무언가가 들어 있었다.

　안정감. 고전 회화의 구도처럼, 하늘 아래 쭉 뻗은 수평선처럼 사람을 안심시키는 무엇. 그녀가 너무 말을 차분하게 하는 통에 졸음이 쏟아질 때도 많았지만 괜찮았다. 그건 안전하다는 뜻이니까. '선 그리기의 기초'라는 영상에서 그녀는 흰 종이를 앞에 두고 카메라에 팔 부분만 잡히게끔 각도를 조정했다. 그러곤 자신이 생각하는 그림에 대해 이런저런 이야기를 풀어가다 종이 위에 긴 선 하나를 그은 뒤 "선은 우리가 대상을 해석하는 방식"이라 했다. 그리고 몇 마디 여담을 보탠 뒤 온화하고 위엄 있게 말했다. "그럼 이제부터 우리 좋은 직선을 그려보자"고.

평소 교류가 없던 소리를 의식하게 된 계기도 그림이었다. 사실 출발은 '시'였지만. 1학기 작문 시간 때였다. 그날 국어 선생님은 칠판에 몇몇 단어를 적은 뒤 아이들에게 시를 써보라 했다. '각 단어에 얽힌 추억도 좋고 엉뚱한 상상도 괜찮으니 머릿속에 떠오르는 걸 자유롭게 적어보라'고. '다만 한두 문장 정도는 서로 무관해 보이는 단어를 연결해 지어보라'고 했다. "그런 뒤 어느 건 왜 시가 되고 어떤 건 그렇지 않은지 함께 얘기해보자"고. 칠판에 적힌 단어는 다음과 같았다.

눈송이. 강아지. 가족. 털실. 가난. 이별. 달리기.

선생님은 아이들에게 충분한 시간을 준 뒤 몇몇을 지목해 시를 읽게 했다. 지우는 그날 호명된 다섯 아이 중 하나였다.
— 제목. 눈송이.
지우가 태블릿 피시의 빈 화면을 보며 그날 일을 되새겼다. 당시 지우 앞의 한 친구는 '가족'과 '눈썰매장' 간 일을 발표했고 또다른 아이는 시골 할머니 댁 '강아지'와 '눈밭'

을 뛰는 추억을 털어놨다. 또 한 친구는 어릴 때 하늘에서 떨어지는 눈을 처음 보고 '눈송이'가 무서워 울음을 터뜨린 기억을 풀어냈다. 그런 자신을 꼭 안아준 할머니와 최근 '이별'한 이야기도. 모두 따뜻하고 아름다운 장면들이었다. 이어서 지우 차례가 되자 지우는 긴장한 탓에 시작부터 헛기침을 했다.

　—2학년 1반 안지우.

　지우가 잠시 숨을 가눈 뒤 천천히 입을 열었다.

　—가난이란……

　지우는 문득 교실 안이 조용해지는 걸 느꼈다.

　—가난이란 하늘에서 떨어지는 작은 눈송이 하나에도 머리통이 깨지는 것.

　지우는 여전히 떨리는 목소리로, 그렇지만 조금 의연해진 투로 다음 문장을 읽어나갔다.

　—작은 사건이 큰 재난이 되는 것. 복구가 잘 안 되는 것……

　생활 글이었다면 안 그랬을 걸 시라 해서 무심코 적어 낸 문장이었다. 누군가 "이거 혹시 네 얘기야?" 물으면 "그럴 리가" 하고 어깨를 으쓱하면 되니까. "실제로 우리 엄마는 늘 두통에 시달렸어"라든가 "아빠가 만든 두통이야"라는 말은 안 해도 무방하니까. 지우가 남은 문장을 마저 읽고 자리에 앉자 멀리 대각선 앞자리에 나른하게 엎드려 있던 아이가 고개 돌려 지우를 봤다. 평소 친구들이 결벽증이 심하다며 수군대는 김소리였다.

그때만 해도 그냥 대수롭지 않게 넘겼는데, 며칠 뒤 음악 시간에 무심코 교과서를 펼쳤다 지우는 낯선 종이 한 장을 발견했다. 관광 엽서 크기의 미색 켄트지였다. 그 안에는 연필로 그려진 깨끗하고 담박한 그림이 담겨 있었다. 지우는 종이를 들고 주위를 둘러봤다. 그러곤 다시 시선을 돌려 그림을 자세히 살펴봤다. 우선 눈에 들어온 건 두 개의 큰 손이었다. 완전히 포개지지도 떨어지지도 않은 채 세로로 우아하게 솟은 두 손. 경건하면서도 마냥 무겁게 느껴지지만은 않는 그림이었다. 지우는 그게 로댕의 〈대성당〉을 참고한 것임을 바로 알아챘다. 워낙 유명한 조각이라 그린 사람이 모를 리 없었다. 대신 그림에는 〈대성당〉에 없는 게 하나 있었다. 두 손 아래 작은 점처럼 박힌 어떤 사람의 뒷모습이었다. 그 사람은 무릎 꿇은 채 기도하고 있었다. 그리고 무엇보다 이 사실이 중요했는데, 사방에서 눈보라가 몰아치고 있었다. 그림 제목은 '눈송이'. 종이 오른쪽 하단에 연필로 쓴 흐릿한 글씨가 눈에 띄었다. 지우는 그게 자신이 작문 시간에 발표한 글과 관련있음을 직감했다. 누군가 그 글에 일종의 답가를 보내왔다는 것을.

'이제부터 우리 좋은 직선을 그려보자.'

지우는 오래전 자신의 '랜선 스승'의 말을 되뇌며, 그리고 소리의 선물을 떠올리며 전자 펜을 고쳐 쥐었다. 〈내가 본 것〉 3화를 어디에서 어떻게 시작하면 좋을지 고민이 됐다. 다른 때는 피로로 엄두도 못 냈는데 그나마 휴일이라 누릴 수 있는 사치였다. '1, 2화 따위 다들 금방 잊어버렸을 테고 어차피 기다리는 사람도 없을 텐데 포기할까?' 싶었지만 지우는 알고 있었다. 사실 누구보다 이 이야기가 마무리되기를 바라는 사람은 자신이라는 걸. 이유는 알 수 없었다. 그런데 그림이 생각처럼 잘 안 됐다. 지우는 태블릿 피시에 무의미한 선 몇 개를 끄적이다 두려움과 막막함에 집중력을 잃고 문자창을 열었다. 그러곤 어제 소리가 보내온 용식의 사진을 들여다봤다. 작은 플라스틱 크리스마스트리 앞에 있는 용식을 찍은 것이었다. 소리와는 단순히 서로의 일상과 용식의 안부를 짧게 나눌 뿐인데 이상하게 문자를 반복해 읽게 됐다.

―김소리 잘 지내?

지우가 뒤늦게 소리에게 답장을 보냈다.

―나는 어제오늘 좀 바빴어.

소리는 별 반응이 없었다. 크리스마스라 아마 가족과 시
간을 보내는 모양이었다. 오늘 같은 날 대부분의 '행복한'
사람은 그렇게 보내니까. 코골이 대장 진구 형도, 소심한 김
씨 아저씨도, 과묵한 오팀장님도 모두 가족에게 간 걸 보면.
지우가 잠시 코를 벌름거리다 재채기를 했다. 나름 환기를
열심히 하는데도 집이 좁아 방 곳곳에 널어둔 빨래에서 쉰
내가 났다. 게다가 거실 천장 모서리엔 살짝 곰팡이가 피어
있었다.

―우리 삼촌은 오늘 가게 한쪽에 작은 산타 인형을 만들
어놨어. 뿔소라로 산타 모자도 만들고.

요즘 지우가 종일 보는 거라고는 황량한 시멘트 벽면과
온갖 배관, 전선, 비계뿐이었지만 지우는 그렇게 썼다.

―그런 걸 보고 있으면 여기 잘 왔다는 생각이 들어. 엄마
고향이기도 하고.

지우는 자기도 모르게 술술 새어나오는 거짓말에 조금 놀
랐다. 사실 방학 첫날 소리에게 용식을 맡길 때 지우는 '방
학 동안 외삼촌 가게를 도울 거'라고 했다. '게스트하우스랑

카페, 파도타기 용품 대여를 겸하는 곳인데 삼촌이 와서 일도 배우고 마음도 좀 추스르라 했다'면서. 지우는 '마음 좀 추스르라'는 말이 소리에게 어떻게 들릴지 알았고, 순간 그런 계산을 하는 스스로가 좀 싫었다. 그때만 해도 소리와 이렇게 연락을 주고받을 줄 몰랐는데. 단지 용식을 돌봐주고 있다는 사실만으로도 지우는 소리가 가깝게 느껴졌다. 그래서 지금의 신뢰감과 친밀함을 잃고 싶지 않았다. 필요하다면 거짓말을 해서라도.

—근데 너 파도도 종류가 엄청 많은 거 알아?

지우가 '바다'와 '파도타기' 이미지를 검색해 휴대전화에 저장한 뒤 자신이 찍은 것인 양 소리에게 전송했다.

—종일 바다를 보고 있으면 그 안에 엄청 많은 색과 선, 빛이 있다는 걸 알게 돼. 그걸 보면 뭔가 또 그리고 싶고. 오늘도 겨울 파도를 타러 온 사람들이 그 빛 위로 올라가 쓰러지며 막 웃더라. 위험을 밟고, 위험 한복판에 올라가 고꾸라지며 웃었어. 그런 사람들을 하루종일 봐.

'가까운 사이도 아닌데 너무 구구절절한가?'

지우는 앞서 쓴 문장을 점검하다 결국 지웠다. 대신 누구에게도 보낼 수 없고 또 전할 수 없는 메시지를 속으로 혼자 중얼거렸다.

'언젠가 나도 겨울 바다에서 눈을 맞으며 내 키보다 더 큰 파도에 올라서보고 싶어. 그리고 그런 나를 엄마에게 보여주고 싶어. 나 잘 지내고 있다고, 안심하라고.'

지우는 지금 자신이 상상하는 바다와 그날 엄마가 실제로 마주한 바다는 얼마나 같고 또 다를지 가늠했다. 그러곤 자신에게 태블릿 피시를 건네며 희미하게 웃던 엄마 얼굴을 떠올렸다. '내게 죽음이라는 가장 큰 거짓말을 남기고 떠난 엄마, 나를 위한다면서 바다 쪽으로 한 걸음 또 한 걸음 삶의 방향을 튼, 용서할 수 없는 엄마'를.

엄마 장례 후 보험사 직원들이 집을 드나들며 지우에게 이것저것 물었다. "여기 보험금 수령인인 안지우씨 본인 맞으신지"에서부터 시작되는 말들이었다.

―원래 강지우씨인데 중간에 어머님 성으로 바꾼 거죠?

―네.

보험사 직원들은 '안지연씨가 평소와 달리 행동한 건 없는지' '마지막으로 보낸 문자는 무엇인지' 등을 자세히 물었다. 최근까지도 식당 일을 하며 간호조무사 시험을 준비하던 엄마가 뇌암 판정을 받고, 그 사실을 가족에게 숨긴 것까지 모두 알고 있으면서 그랬다. 지우는 엄마가 동네 아주머니들과 동해로 여행을 떠나기 전 자신에게 태블릿 피시와 전자 펜을 사준 일이나 "우리도 '인생 네 컷' 찍자"며 사진관으로 데려간 일을 말하려다 참았다. 보험사에서도 카드 내역서를 보면 다 알 테고, 그때 일을 굳이 낯선 이들과 공유하고 싶지 않아서였다. 지우 딴에는 드물고 소중한 추억이었다.

지우는 더이상 엄마 생각을 하지 않으려 깊은 숨을 내쉬었다. 그러곤 방금 전 쓰다가 지운 문장 대신 소리에게 보낼 다른 메시지를 적었다.

—여기 사람들은 '샤카'라는 하와이식 인사를 나눠. 주먹 쥔 상태에서 엄지랑 새끼만 쫙 펴는 건데 '알로하'를 뜻하는 손 모양이래. 맞아. '안녕'이란 뜻.

지우가 전송 단추를 누르자 연이어 휴대전화 진동음이 울렸다. 지우가 움찔 놀라며 기대 반 설렘 반으로 문자창을 열었다.

—지우야, 이걸로 오늘 케이크라도 사 먹으렴.

이번에도 선호 아저씨였다. 지우가 집을 나온 뒤 아저씨는 하루에도 몇 번씩 지우에게 연락했다. 하지만 지우는 아저씨에게 따로 전화하거나 답장하지 않았다. 아저씨가 무슨 말을 할지 다 알 것 같았고, 자신이 하고픈 말 역시 이미 쪽지로 남기고 와서였다.

'아저씨, 저 방학 동안 다른 데서 일 좀 하고 올게요. 가출은 아니니 걱정 마세요. 개학 전에는 돌아오겠습니다.'

물론 지우는 학교로 돌아갈 마음이 없었다. 다만 개학 전소리네서 용식을 데려와야 해 그렇게 말한 거였다. 문자 알림음과 더불어 대화창 위로 유명 프랜차이즈 제과점의 기프티콘이 떴다. 지우가 잠시 그걸 물끄러미 바라보다 '짧게라도 감사 인사를 전해야 할까?' 고민했다. 하지만 지우는 아저씨에게 답장하는 대신 소리에게 마저 문자를 보냈다.

─김소리. 용식이 사진 보내줘서 고마워. 메리 크리스마스.

그러곤 뭔가 허전해 손바닥 모양의 이모티콘과 함께 문자하나를 더 보냈다.

─샤카.

9

소리가 처음 손에 이상을 느낀 건 초등학교 졸업식 때였다. 그날 담임선생님은 반 아이들 한 명 한 명과 눈 맞추며 졸업장과 함께 덕담을 건넸다. 몇몇 친구들은 선생님과 작별인사를 나누다 눈물을 훔치기도 했다. 그래서 소리는 선생님과 악수하며 눈앞이 뿌옇게 흐려졌을 때 그게 눈물 때문인 줄로만 알았다.

소리가 두번째로 손의 이상을 알아챈 건 중학생이 되고 얼마 지나지 않아서였다. 그날 소리는 단짝 친구 연지네 집에 놀러갔다 보리를 만났다. 보리는 세 살 된 골든리트리버로 연지네 반려견이었다. 얼핏 보면 덩치 큰 아기 같고 또 어느 때는 인자한 할아버지처럼 보이는 녀석이었다. 보리는 성격이 밝고 충직해 연지를 잘 따랐다. 연지가 손바닥을 내밀며 "손!" 하고 외치면 거기 한 발을 턱 올렸고, "기다려"나 "앉아" 같은 말도 곧잘 알아들었다. 연지가 검지로 총 쏘는 척을 하면 픽 쓰러지는 시늉까지 해 보였다. 소리는 그날 연지에게 보리와 친해지는 법을 배웠다. 처음에는 좀 낯을 가리던 보리도 나중에는 소리가 "손!" 하고 외치자 의젓한 자세로 소리의 손바닥 위에 한 발을 척 올렸다. 소리는 보리의 앞발을 조심스레 감싸쥐었다. 어린 생명의 따뜻하고 말랑한 감촉이 그대로 전해져 짧은 접촉만으로도 영혼이 데워지는 느낌이었다. 그런데 그때 갑자기 소리의 시야가 흐려졌다. 이상하게도 연지를 비롯해 다른 물건들은 이전과 똑같이 선명한데 보리만 흐릿하게 보였다. 하지만 때마침 부엌에서 연지 엄마가 "얘들아! 떡볶이 먹자!"라고 하는 바람에 소리는 방금 전 일을 까맣게 잊고 말았다.

며칠 뒤 소리는 연지의 결석 소식을 들었다. 담임선생님은 아이들에게 '어젯밤 연지네 강아지가 무지개다리를 건넜다'며 연지가 오늘은 학교에 못 나올 거라고 했다. 소리는 그 말에 충격을 받았다. 불과 얼마 전만 해도 밝게 뛰놀던 보리가 갑자기 세상을 떠났다는 게 믿기지 않았다. 그리고 무엇보다 연지가 걱정됐다. 하지만 이때만 해도 소리는 모든 게 우연인 줄 알았다.

소리가 세번째로 손에 문제를 느낀 건 도내 사생대회에서였다. 중학교 미술부 친구들과 함께 S시의 유서 깊은 성곽에서 열린 문화제에 참가한 소리는 '우리 동네'를 주제로 수채화를 그려 장려상을 받았다. 시상식은 성곽 내 야외무대에서 치러졌고, 시상은 S시를 대표하는 원로 화가가 맡았다. 소리는 무대에서 다른 수상자들과 함께 상장과 꽃다발을 받았다. 그런데 원로 화가와 악수한 순간 눈앞이 뿌예지는 걸 느꼈다. 몇 달 전 보리의 앞발을 잡았을 때와 마찬가지로 주위 풍경은 그대로인데 오직 그 화가만 흐리게 보였다. 사방에서 사진기 셔터 소리와 플래시가 쏟아지는 가운데 소리는 정면을 보며 어색하게 웃었다. 하지만 무대에서 내려오는 내내 불안한 표정을 감추지 못했다. 이전에 경험한 것처럼 자신의 눈이 아니라 손이 무언가를 본 것 같은 느낌이 들어서였다.

보름쯤 지나 미술부 친구가 소리에게 "우리 대회 때 만난 그 화가 선생님 말이야, 얼마 전에 사고로 돌아가셨대"라는 말을 전했다. 친구는 소리에게 지역 인터넷 신문에 난 작은 부고 기사를 문자로 보내줬다. 기사에는 고인이 데뷔 사십 주년 행사를 위해 집을 나섰다 배달 오토바이에 치여 운명했다는 내용이 담겨 있었다. 거기서 끝이 아니었다. 엎친 데 덮친 격으로 얼마 뒤 소리는 초등학교 6학년 때 담임이었던 선생님의 부고를 접했다. 엄마가 가게 손님에게서 들은 소식이었다. 엄마는 "가족분들 상심이 깊은 모양"이라고, "자식은 아무리 나이를 먹어도 자식이지"라며 긴 한숨을 내쉬었다. 소리는 엄마가 가져온 수박에 손도 대지 않고 조용히 제 방으로 들어갔다. 그러곤 방문 앞에 서서 두 손을 활짝 편 채 손바닥을 한참 들여다봤다.

처음 소리는 자신이 병에 걸린 건지도 모른다고 추측했다. 그래서 두통을 핑계로 병원에서 뇌와 눈 검사를 받았다. 결과는 모두 정상이었다.

'모두 내 착각일까?'

소리는 혼란스러웠다. 우연의 일치라기에 세 부고 사이에 공통점이 많았다. 반려견 보리도, 원로 화가 선생님도, 6학년 때 담임선생님도 모두 소리가 손을 잡은 순간 흐릿하게 보였고 그뒤 세 달을 채 못 넘기고 세상을 떠났다. 소리는 조심스레 추측했다. 어쩌면 자신에게 누군가의 죽음을 예감하는 능력이 생긴 건지도 모르겠다고.

그러고 나서 소리가 제일 먼저 한 일은 타인과의 접촉을 최대한 피하는 거였다. 물론 쉽지는 않았다. 특히 매일 얼굴을 마주하는 부모님을 멀리하는 건 불가능에 가까웠다. 사춘기를 핑계로 아빠와는 어떻게든 거리를 둘 수 있었지만 엄마의 스킨십을 매번 거절하기는 어려웠다. 이때부터 소리는 가능한 한 손에 뭔가 쥐고 있으려 했다. 이를테면 목탄이나 연필, 붓, 전자 펜 같은 걸. 그러면 집중에 방해가 될까봐 부모님과 친구들이 잘 다가오지 않았다. 하지만 그것만으로는 충분치 않았다. 소리는 누군가와 손잡는 상황 자체를 만들지 않으려 노력했다. 그리고 바로 그 점 때문에 학교에서 결벽증과 강박증이 있는 아이로 소문났다. 엄마를 닮아 쾌활하고 낙천적이었던 소리는 점점 말수 적고 소극적인 아이로 변해갔다.

소리는 자신에게 무언가를 보는 능력이 있다 해도 가급적 그걸 쓰지 않기로 다짐했다. 하지만 엄마가 암 진단을 받은 뒤로 그 약속을 깰 수밖에 없었다. 중학교 1학년 여름방학이 끝나갈 무렵, 소리는 거실에서 아빠에게 처음 그 소식을 들었다. 그러곤 잠시 아무 말도 않고 창밖을 멍하니 바라봤다. 거실 발코니 창 너머로 옅은 분홍과 주황, 파랑과 보라가 섞인 광활한 저녁 하늘이 보였다. 소리는 저 바깥 세계로부터 순식간에 멀어지는 느낌을 받았다. 무언가 시작되는 동시에 끝나는 기분, 자신을 둘러싼 시공이 바뀌는 기분이었다.

그후 소리는 아침에 눈을 뜨면 바로 안방으로 달려가 엄마 손부터 잡았다. 그러곤 두 눈을 감고 기도하듯 속으로 숫자를 셌다. 경험상 무언가를 제대로 보기 위해서는 반드시 상대의 손을 얼마간 잡고 있어야 한다는 걸 알아서였다.

'하나, 둘, 셋……'

소리는 엄마 앞에서 매번 가슴 졸이며 눈을 떴다. 그러면 거기 놀랍도록 선명한 엄마가 있었다. 소리는 크게 안도했다.

'여기 엄마가 있다. 어제와 같이. 그제와 같은 명도로. 엊그제와 같은 채도로. 아직 엄마인 채로. 여전히 연미정씨인 채로 여기 있다……'

다행히 엄마는 그런 자신을 이상하게 여기지 않는 듯했

다. 그저 엄마가 아프다고 하니까 불안해서 그러나보다고, 응석을 부린다고 여기는 것 같았다.

'그런데 그날은 왜 틀린 걸까? 그날 분명 내 눈에 엄마가 또렷이 보였는데. 그러니까, 그렇게 가버리면 안 되는 거였는데…… 대체 왜……'

소리의 노력과 무관하게 엄마는 결국 세상을 떴다. 소리가 중학교 3학년 때 일이었다. 공교롭게도 병사가 아닌 사고사였다. 엄마는 9차 항암 치료를 받으러 아빠와 병원에 가던 중 음주운전 차량에 치여 그 자리에서 숨졌다. 소리는 큰 충격을 받았다. 그토록 기도했는데, 사고 당일은 물론 매일 엄마 손을 잡고 앞날을 보려 노력했는데, 그 흔한 작별인사조차 나누지 못하고 엄마와 헤어졌다는 사실이 믿기지 않았다. 마치 신이 자신을 갖고 노는 기분이었다. 패턴을 깨고 혼란을 주는 식으로. 애초에 그런 건 인간이 가질 수 있는 능력이 아님을 분명히 하겠다는 듯.

그뒤 소리는 단 한 번도 누군가의 앞날을 알기 위해 손을 잡아본 적이 없었다. 그리고 앞으로도 그럴 작정이었다. 적어도 채운이 절박한 부탁을 해오기 전까지는 그랬다. 시작은 뭉치였다. 거기 뭉치가 있었다. 얼마 안 돼 숨을 거둘, 채운이 지극히 사랑하는 한 마리 아름다운 개가. 소리가 뭉치를 처음 만난 건 학교 운동장에서였다. 텅 빈 농구장 옆 돌계단에 홀로 앉아 그림을 그리는데, 멀리서 황금빛 털의 골든리트리버 한 마리가 절뚝이며 자신을 향해 걸어왔다. 그 개가 바로 뭉치였다.

'근데 왜 혼자지?'

가만히 보니 오른쪽 앞발의 찢긴 피부 사이로 피가 새어 나와 주위 털이 붉게 젖어 있었다. 소리는 벌떡 일어나 뭉치에게 다가갔다. 그러곤 한 손으로 뭉치의 앞발을 잡았다. 동시에 소리는 후회했다. 누군가의 손을 직접 잡은 건 엄마를 보낸 후 처음 있는 일이었다. 몇 초 뒤 소리는 눈앞이 뿌예지면서 뭉치가 흐릿하게 보이는 걸 느꼈다. 순간 소리는 자기도 모르게 눈물이 났다.

―너 누구니?

뭉치는 별 대꾸 없이 작게 끙끙대며 소리의 팔에 머리를 기댔다.

―집은 어디야?

소리가 뭉치의 목줄에 달린 인식표를 발견하고 거기 적힌 휴대전화 번호로 서둘러 문자를 보냈다.

─혹시 골든리트리버 찾고 계시지 않나요?

그 시각 뭉치를 찾아 헤매던 채운은 문자를 받고 얼마 뒤 온몸이 땀에 젖은 채 학교 운동장에 나타났다. 채운은 뭉치를 보자마자 거의 울 것 같은 표정으로 달려왔다. 선이가 산책하다 뭉치를 잃어버려서였다. 저녁 늦게 울상을 하고 집에 온 선이는 채운의 눈치를 보다 훌쩍이며 뭉치를 잃어버렸다고 했다. 뭉치가 어떤 개를 보고 놀라 도망쳤는데 끝내 따라잡지 못하고 놓쳐버렸다고. 주위에 뭉치가 갈 만한 데를 샅샅이 뒤졌지만 결국 못 찾았다고 했다. 채운은 이모 집에 얹혀산 이래 처음으로 선이에게 화를 냈다.

─결국 못 찾았다니, 그게 말이 돼? 대체 어디에서 잃어버린 건데?

그 모습을 본 이모부의 표정이 묘하게 굳었다. 채운은 뭉치를 찾으러 곧장 밖으로 뛰어나갔다.

─뭉치야!

채운이 자세를 낮춰 뭉치를 안은 뒤 뭉치 얼굴에 뺨을 비볐다. 그러곤 걱정스러운 투로 뭉치의 앞발을 살폈다. 그걸 본 소리가 다시 눈물을 훔치자 채운은 당황하며 그제서야 자신의 개를 찾아준 사람을 쳐다봤다.

　―어? 김소리?

　소리가 고개를 끄덕였다.

　―그런데 너 왜 울어? 뭉치가 너한테 달려들었어? 혹시
물었어?

　소리는 가만 고개를 저었다.

　―아무것도 아니야.

　채운이 돌계단에 놓인 소리의 태블릿 피시를 흘깃댔다.
화면에는 어느 중년여성의 얼굴이 펜으로 흐릿하게 그려져
있었다.

　―괜찮아?

　채운의 물음에 소리는 얼른 태블릿 피시를 들어 다른 창
을 열며 답했다.

　―응. 괜찮아. 그냥 보고 있던 만화가 너무 슬퍼서 그랬어.

　채운은 소리의 태블릿 피시를 슬쩍 쳐다봤다. 채운의 눈
에 '내가 본 것'이라는 제목이 들어왔다.

　―무슨 만환데?

　소리가 소매끝으로 눈물을 닦으며 얼굴을 정돈했다.

　―아무것도 아니야.

　어느새 소리 곁으로 다가온 뭉치가 소리의 손등을 핥자

소리가 뭉치의 길고 아름다운 속눈썹을 바라보며 작게 중얼
거렸다.

─착하다.

채운이 자랑스레 수긍했다.

─그렇지?

─응.

─그런데 용감하기도 해.

─응. 그럴 것 같아.

두 사람은 잠시 침묵했다.

짧은 대화를 나눈 뒤 채운은 뭉치의 목줄을 쥔 채 소리에
게 인사했다. 정말 고맙다고, 조만간 어떻게든 보답하겠다
는 말도 잊지 않았다. 그런데 채운이 막 돌아서려는 순간 소
리가 채운을 불러 세웠다.

─오채운.

─어?

─걔 이름이 뭉치라 그랬지?

─어? 어.

─예쁘네.

─내가 지었어.

―그렇구나.

―……

―잘 가.

채운이 "응. 너도"라고 답한 뒤 속으로 혼잣말을 했다.

'뭐야? 싱겁게.'

그런데 채운이 걸음을 옮긴 지 얼마 안 돼 소리가 또 채운을 불러 세웠다.

―오채운.

―어?

―……요즘 바빠?

―왜?

―앞으로 뭉치랑 최대한 많이 놀아주라고. 같이 좋은 시간 보내고.

채운이 고개를 갸웃거렸다.

―왜?

―그냥. 그러면 좋을 것 같아서.

채운은 역시 애들이 이상한 애라고 수군거리는 데는 이유가 있다 생각하면서 살짝 핀잔 주듯 답했다.

―뭐야?

―그냥 말해주고 싶었어. 네가 뭉치를 많이 사랑하는 것

같아서.

그 일 때문이었다. 소리가 결국 채운의 아버지를 만나게
된 것은. 물론 처음에는 거절했다. 하지만 절망적인 얼굴로
아버지 얘기를 하는 채운을 보고 소리는 알겠다고 했다. 그
러곤 이내 후회했다. 자신이 하면 안 되는 일을 하는 것 같
아서. 그럼에도 왜인지 자신이 그 일을 하고 싶어하는 것 같
아서. 선의와 매혹 사이에서 본능적으로 어떤 불경함을 느
껴서. 무엇보다 자신에게 어떤 이야기가 있으며 그 이야기
가 자신을 왜 찾아왔는지 알고 싶어서.

10

그날 요양병원에서 나와 집으로 돌아가는 길, 채운은 지하철 의자에 앉아 휴대전화를 봤다. 그러곤 그림드림 카페에 접속했다. 거기 채운을 불안하게 하는 이야기가 있어서였다. 채운이 엄마에게 한 얘기, "걔가 뭘 본 것 같아"라고밖에 할 수 없었던 그 이야기가.

학교 운동장에서 소리를 만난 다음날 채운은 버스 안에서 잡생각에 빠져 있었다. 소리가 뭉치 앞에서 울던 모습이 계속 생각나서였다. '걔는 왜 그렇게 운 거지? 그 만화가 그렇게 슬펐나?' 소리의 모습이 자꾸 신경 쓰였다. 채운은 혹시

나 싶어 포털 사이트에 '내가 본 것'이라는 문장을 검색했다. 그러곤 몇몇 무의미한 결과를 눈으로 훑다 이번에는 '내가 본 것'에 '웹툰'을 합쳐 다시 검색했다. 그러자 곧 화면에 그림드림 카페 주소가 떴다.

'찾았다.'

채운은 밝은 얼굴로 〈내가 본 것〉 1화를 클릭했다. 그날 채운이 본 만화의 첫 화 내용은 이랬다.

〈내가 본 것〉 1화

태오와 이준은 같은 S연립주택 단지에 살지만 서로 말을 섞어본 적은 없다. 태오가 사격부로 유명한 먼 학교에 다녀 같이 어울릴 기회가 많지 않기 때문이다. 하지만 두 사람은 동네를 오가며 서로를 의식한다. 워낙 작은 동네라 서로 모를 수 없다.

평범한 도입부였다. 그렇지만 어딘가 불길함이 담긴 시작이기도 했다. 그림 속 동네가 왠지 눈에 익을뿐더러 축구부였던 채운에게 '사격부'라는 설정이 미심쩍게 다가온 탓이었다.

이준의 아버지는 젊은 시절 학습용 서적에 그림을 그려 납품하던 삽화가였다. 그러다 갑자기 아이가 생겨 원치 않은 결혼을 했고, 그뒤 일이 잘 풀리지 않을 때마다 아내와 아이 탓을 하며 살았다. 그러다 아내에게 폭력을 썼고, 결국 이준의 엄마는 이준을 데리고 남편을 떠나 이 연립주택 단지로 보금자리를 옮겨온 것이다. 이준의 엄마는 식당 일부터 대형 마트 계산원까지 궂은일을 도맡으며 이준을 키운다. 하지만 언제부터인가 일이 어려울 정도로 만성 두통에 시달리고 이 두통은 나중에 큰 병으로 발전한다.

화면 위로 두통을 앓는 이준의 엄마와 그걸 바라보는 이준의 모습이 나온다. 이준의 엄마는 한 손으로 이마를 짚은 채 누워 있다.

만화 속 설정이 어쩐지 익숙하긴 했지만, 이때만 해도 채운은 별생각 없이 스크롤을 내렸다. '폭력이니 상처니 하는 얘기, 너무 뻔하다'고 여기면서. '하지만 멀리서 보면 내 인생도 그렇겠지.'

두 소년이 사는 연립 단지는 승강기 없는 사층짜리 빌라

두 동으로 이뤄져 있다. 이준은 2동 일층에 엄마와 단둘이 살고 태오는 1동 사층에 부모님과 산다. 같은 단지라지만 두 집의 경제 사정은 다르다. 적어도 이준이 느끼기에는 그렇다. 이준은 태오네 생활이 좀더 윤택함을 감지한다. 가족끼리 서로 화목해 보이고 입성도 다르다. 이준은 태오네 아버지가 자동차에 식구들을 태우고 어딘가 놀러가는 모습을 종종 본다. 반면 이준의 엄마는 쉬는 날도 거의 없이 식당에서 일한다. 손님들로 항상 붐비는 돼지갈비 전문점이다.

　—아! 돼지갈비.
　스스로 그 단어를 내뱉고 나서야 채운은 〈내가 본 것〉의 작성자가 지우일지 모른다고 추측했다. 한번 그런 생각이 들자 의심은 점점 깊어졌다.
　'그러니까 용식이 형이 지우이고 지우가 이준인 거야?'
　그제서야 몇몇 퍼즐이 맞춰지는 것 같았다. 이를테면 '그날' 자기를 보며 놀란 그애 표정 같은 게.

　전학 첫날, 담임은 채운에게 스스로 자기소개를 해보라고 했다. "대신 규칙이 있는데 지금부터 선생님이 하는 말을 잘 듣고 따라줘"라고.

—너희는 이미 해봐서 알지?

　아이들이 일제히 "네" 소리를 냈다.

　—규칙은 간단해. 다섯 문장으로 자기를 소개하면 되는데, 그중 하나에는 반드시 거짓말이 들어가야 해. 소개가 끝나면 다른 친구들이 어떤 게 거짓인지 알아맞힐 거고. 그럼 나머지 네 개는 자연스레 참이 되겠지? 선생님 말 이해했어?

　담임은 지난 학기 학생들이 발표한 문장을 하나하나 읽어주며 채운의 이해를 도왔다. 그러곤 채운이 다섯 문장을 다 완성할 때까지 옆에서 추임새를 넣으며 말을 이끌어냈다.

　—나는…… 외동이다.

　—나는 작년에 다리를 다쳐 축구를 관뒀다.

　채운은 교단에 서서 주위를 둘러보다 지우와 눈이 마주쳤다. 채운은 순간적으로 '어? 어디서 많이 본 얼굴인데' 생각했다.

　'그래, 돼지갈비!'

　채운은 그때서야 〈내가 본 것〉 안에 자기 이야기가 담겨 있을지도 모른다고 생각했다. 채운에게는 비밀이 많고, 그건 대부분 그 연립 단지에서 비롯됐기 때문이었다.

　'그래서 대체 이걸로 뭔 얘기를 하려는 거지?'

110

채운은 불안과 긴장, 반감을 느끼며 화면의 스크롤을 내렸다. 작고 네모난 휴대전화 창 위로 그애가 공들여 그린 인물들의 표정과 자세, 대사가 주르르 펼쳐졌다. 누군가의 전생처럼, 혹은 악몽처럼.

이준은 하교 후 종종 엄마가 일하는 가게에 들른다. 반면 태오네 가족은 한 달에 한 번 그곳에서 외식한다. 어느 날 두 소년은 그 가게에서 마주친다. 둘은 서로를 바로 알아본다. 이준은 자기 엄마가 태오네 가족 앞에서 식가위와 집게를 든 채 열심히 시중드는 모습을 본다. 태오네 아버지는 어쩐지 좀 거들먹거리는 것 같고 태오도 그런 상황에 익숙한 듯 무심해 보인다. 숯불 앞에서 땀을 뻘뻘 흘리는 엄마에게 태오네 아버지가 찌푸린 얼굴로 뭐라 뭐라 한다. 순간 이준의 가슴에 묘한 그늘과 얼룩이 진다. 하지만 이때만 해도 이준은 그게 뭔지 잘 모른다.

'그랬나? 우리가 정말 그랬었나?'

채운은 잘 기억나지 않았다. 그 고깃집에서 지우를 몇 번 본 건 사실이지만 특별한 일은 없었다. 게다가 작중 이준이라는 소년의 추측과 달리 자신은 아버지와 한 달에 한 번씩 그 집에서 고기 먹는 시간을 늘 괴로워했다. 평소 감정 기복이 심한 아버지 아래서 언제나 조마조마한 마음으로 지내온 터라 아버지의 선심이 하나도 고맙지 않았고 식사 후엔 매번 체할 것 같은 기분이 들었다.

'그런데 만약 이게 정말 내 이야기라면 도대체 어떤 점이 우리집을 화목해 보이게 한 거지?'

채운은 의아했다. '그렇지만 우리 아버지가 그애 어머니에게 무례하게 군 건 충분히 있을 수 있는 일'이라고 생각했다.

'아버지는 그런 사람이니까. 그러곤 그애 어머니 앞치마에 오만원쯤 찔러줬을지도 모르지. 당장 집에 생활비도 잘 못 주면서.'

평소 아버지는 본인이 잘못한 상황일 때 상대에게 과한 선물을 줘서 그 순간 상대를 피해자가 아닌 부채자로 만들었다. 채운만 해도 아버지에게 받은 비싼 축구화며 유니폼이 셀 수 없이 많았다.

'그래서 이건 무슨 이야기인 거야? 너는 뭔 말이 하고 싶은 건데?'

지우는 학교에서 늘 말이 없고 혼자 있는 편이었다. 하지만 온라인상에서는 제법 공격적인 친구일지 몰랐다.

—어?

화면이 더이상 아래로 내려가지 않는 걸 보고 채운은 당황했다. 결말을 확인해야 자신도 무슨 대처든 조치든 취할 텐데 뭐가 뭔지 알 수 없어서였다. 그러다 그림 오른쪽 하단에 적힌 '2화에서 계속'이라는 문장을 보고서야 채운은 만화가 아직 1화밖에 올라오지 않았다는 걸 알았다. 그리고 그건 앞으로도 채운이 〈내가 본 것〉을 계속 지켜봐야 한다는 걸 뜻했다.

무슨 이유에서인지 그사이 소식이 없었는데, 카페에 〈내가 본 것〉 2화가 올라와 있었다. 채운은 게시물을 읽기 전 잠시 숨을 골랐다. 가슴 깊은 곳에서 긴장인지 불안인지 기대인지 모를 감정이 올라왔다. 채운이 결심한 듯 힘주어 게시 글을 눌렀다.

〈내가 본 것〉 2화

돼지갈빗집에서 조우한 뒤에도 두 소년은 종종 동네에서 마주친다. 시장 골목이나 놀이터, 편의점 등에서다. 하지만 오랜 시간 그래왔듯 둘은 서로 모른 체한다.

그러다 어느 날, 자정이 가까운 시간에 동네에 사이렌이

울린다. 연립주택 단지 내 좁은 골목에 경광등을 단 경찰차
와 구급차가 도착해 시끄럽고 어수선하다. 집밖으로 나온
이준은 놀란 눈으로 주위를 살핀다. 뭔가 큰일이 벌어진 것
같다. 이윽고 한 남자가 들것에 실려 나온다. 그런데 얼굴을
보니 태오의 아버지다.

채운은 몸이 얼어붙는 것 같았다. 설마 그 고깃집 이야기
가 여기까지 이어질 줄 몰라서였다. 게다가 이날 일은 채운
이 누구에게도 한 적 없고 앞으로도 하지 않을 이야기였다.
'대체 무슨 속셈이야?'
채운은 떨리는 손으로 스크롤을 내렸다. 이야기가 어서
끝나기를 바라며, 아니 어떤 식으로든 끝나지 않기를 원하
며, 혼란스러운 얼굴로.

동네 구경꾼들 사이로 '저 집 여자가 그랬다더라'는 수군
거림이 들린다. '평소에도 부부싸움이 잦은 집이었다'고. 이
준은 혼란스러워한다. '정말일까? 그렇다면 그동안 내가 본
건 뭐지?' 동시에 이준은 자신의 손이 바지 주머니를 향해
자연스레 내려가는 걸 느낀다. 이준이 바지 주머니에서 휴
대전화를 꺼낸다. 그러곤 태오의 아버지가 구급차 안으로

실려가는 걸 고속 연사로 찍는다. 동시에 카메라 조명이 밝게 터지며 사방을 비춘다. 이준도 미처 예상 못한 일이다. 그런데 바로 그 순간 경찰차 앞에 서서 멍하니 엄마의 뒷모습을 바라보던 태오가 고개 돌려 그 빛을 본다. 하지만 다른 구경꾼들의 카메라 조명 또한 연이어 터지는 바람에 그 최초의 빛이 비롯된 곳을 가늠하지 못한다. 눈이 부셔 미간을 잔뜩 찌푸린 채 먼 곳을 보는 태오의 얼굴이 화면에 꽉 찬다.

채운은 화면 속 태오의 얼굴을 뚫어져라 바라보며 자신과 조금이라도 닮은 데가 있는지 찾으려 애썼다. 하지만 태오도, 이준도 모두 눈이나 콧대 등 신체의 한 부위가 과장되게 만화적으로 묘사돼 있을 뿐 별다른 특징은 없었다. 더구나 채운을 특정할 만한 정보도 거의 담겨 있지 않았다. 하지만 채운은 알 수 있었다. 이게 그저 단순한 허구가 아니라는 걸.

다음날 이준의 학교에 간밤 현장 사진이 돈다. 사진 속 남자가 흘리는 피가, 그 피에 얽힌 폭력이 십대 아이들을 흥분시킨다. "잘사는 집이었대." "잘사는데 왜 그런 데 사냐?" "저기 K고 애 얘기라던데?" "누구?" "몰라, 사격부래." 이준은 K고에 다니는 자신의 초등학교 친구에게 비밀리에 전송한 사진이 삽시간에 퍼진 걸 보고 당황한다. 그중에는 이준이 찍지 않은 사진도 섞여 있다. 웹에 떠도는 여러 이미지가 이리 붙고 저리 편집돼 하나의 이야기로 돌아다닌다. 이준은 곧 후회한다. 그렇지만 얼마 전 돼지갈빗집에서 느낀 불편한 감정이, 가슴에 남은 묘한 얼룩이 어느새 좀 옅어진 느낌을 받는다. 이유는 알 수 없다.

……3화에서 계속.

채운은 입을 쩍 벌린 채 잠시 굳은 듯 앉아 있었다. 동시에 채운의 머릿속에 아주 짧고 강렬한 문장 하나가 지나갔다.

'이 새끼, 뭐지?'

차창 밖으로 도시의 아름다운 교량과 고층 빌딩이 빠르게 지나갔다.

11

지우는 쉬는 시간을 이용해 잠시 휴대전화를 확인했다. 〈내가 본 것〉 2화에 대한 반응이 궁금해서였다. 동바리 작업 은 노동강도가 워낙 세서 팀장님이 한 시간에 한 번은 십 분 씩 꼭 쉬게 해줬다. 물론 그 십 분은 눈 깜짝할 사이 사라졌 지만. 지우는 작업용 장갑을 벗은 뒤 발갛게 언 손으로 그림 드림 카페에 접속했다. 1월에 종일 야외 작업을 하다보니 옷 을 아무리 두껍게 입어도 견딜 수 없을 만큼 추웠다. 십 킬 로그램이 넘는 파이프를 몇 개씩 어깨에 지고 나르다보면 옷은 금방 더러워졌고 어느새 손끝에 감각도 없어졌다. 지 우는 추위에 코를 훌쩍이며 〈내가 본 것〉 2화의 조회수와 댓글을 살폈다. 이미 여러 차례 반응을 확인했지만 혹 새로운 댓글은 없나 궁금해서였다. 기존 댓글 아래 '이번 거는 좀 다크하네'란 반응을 비롯해 '용식 일기는 언제 업로드됨?' '다음 화도 얼른 부탁'한다는 댓글이 보였다. 지우는 '다른 사람' 눈으로 자기 그림을 다시 보며 '이 부분은 배경에 더 신경쓸걸' '여기는 더 크게 그리는 게 나았겠다' 후회했다. 사실 아주 간단한 스케치 하나를 올려도 매번 겪는 일이었다. 동시에 지우는 자신이 이 만화로 얻고 싶은 게 뭔지 자문했다. 이해 또는 용서라는 말이 문득 떠올랐지만 너무 거창하게 느껴졌다. 그렇다고 인기나 인정이라 말하기에도 적절치 않아 보였다. '다 그리고 나면 알게 되겠지' 생각하며 지우는 손등으로 콧물을 훔쳤다.

예전에 카페 회원 중 한 명이 지나가듯 '어디 기획서를 내보지 그래?'라고 댓글을 달았을 때 지우는 '내가 무슨' 하고 생각했다. 실은 전에 대형 플랫폼에 원고를 보낸 적이 있었지만 별 반응을 얻지 못했다. 그래도 지우는 여전히 그림으로 사람들과 소통하는 게 좋았다. 적어도 그때만큼은 용식처럼 허물을 벗지 않고도 스스로 선명해지는 기분이 들었다. 지우는 만화 속 '칸'이 때로 자신을 보호해주는 네모난

울타리처럼 여겨졌다. 둥글고 무분별한 포용이 아닌 절제된 직각의 수용. 그렇다고 지우가 그림에 대해 엄청난 환상이 있거나 기대를 품은 건 아니었다. 오히려 그 반대였다. 두 달 전 엄마 장례를 마치고 학교에 갔을 때도 그랬다. 지우는 방과후 청소를 하다 미술 선생님 책상에서 낡은 책 한 권을 발견했다. '아동'이니 '치료'니 하는 말이 적힌 학술 도서였다. 지우는 별생각 없이 그 책의 책장을 스르륵 넘겼다. 그러곤 익명의 아동들이 그린 어둡고 기이한 그림을 보다 문득 어떤 문장 앞에 멈췄다.

미술은 자기 정화 효과가 있고 말로 표현하기 어려운 문제를 설명해주지만 쉽게 고통을 덜어주지는 않는다.

지우는 사뭇 진지한 얼굴로 그 문장을 한번 더 훑었다. '쉽게 고통을 덜어주지 않는다'는 말, 믿을 만한 말이라 생각했다.

쉬는 시간이 거의 끝나, 지우는 휴대전화를 다시 점퍼 안 주머니에 넣었다. 늑장을 부렸다가는 또 팀장님에게 한소리 들을지도 몰랐다. 작업 첫날에도 지우는 현장에서 길을 잃어 팀장님에게 엄청 혼났다. 순간 그런 스스로가 너무 바보처럼 느껴져 눈물이 나려는 걸 겨우 참았다. 그랬다가는 정말 놀림거리가 될 게 뻔했다. '그래도 오팀장 정도면 괜찮은 편'이라고 김씨 아저씨는 말하곤 했다. '저 양반이 오직 저 몸뚱어리 하나로 두 딸 모두 명문대에 보낸 사람'이라고. 실제로 현장 경험만 이십 년이 넘어 그런지 팀장님은 사람을 잘 다뤘고 휴일이면 숙소 주차장에 세워둔 벤츠를 타고 집으로 돌아갔다. 워낙 몸을 쓰는 곳이라 현장마다 거친 사람이 흔했지만 오팀장님 같은 성실한 어른도 적지 않았다. 지우는 작업 현장에 가까스로 적응중인 스스로가 조금 대견했다. 진구 형이 코만 좀 덜 골면 훨씬 나을 텐데. 형 때문에 지우는 잠을 설쳤고 다음날 쉽게 지쳤다. 두 고참은 방문을 닫고 생활하는 터라 크게 신경쓰지 않았지만 지우는 어느새 진구 형이 미워지려 했다.

 ─형, 그거 어떻게 좀 안 돼요?

 참다못한 지우가 조심스레 불평하자 진구 형은 진심으로 미안한 표정을 지었다. 자기도 잘 안다고, 군대에서 이것 때문에 고참한테 자주 매를 맞았다고 했다. 전역하고 비염 수술까지 받았는데 이상하게 나아지지 않는다면서. '그래도 내가 여기 있어야 부모님 병원비를 댈 수 있으니 네가 좀 이해해달라' 했다. 지우는 '부모님 병원비'라는 말에 말문이 막혀 더이상 뭐라 하지 못했다. 엄마가 '그런 선택'을 하기까지 자신은 정작 아무 도움이 못 되었다는 후회가 밀려와서였다. 실제로 집을 떠나온 뒤로 지우는 자신이 세상에 대해 모르는 게 많다는 걸 깨달았다. '현장 용역 안지우'란 스티커가 붙은 안전모를 쓰고 콘크리트와 철근 사이를 누빌 때면 왠지 어른이 된 것 같은 기분도 들었지만, '안전제일' '추락 주의' 같은 경고문을 보면 몸이 절로 위축됐다. 왠지 봐서는 안 될 이 세계의 비밀스러운 표정 하나를 얼핏 본 것 같은 느낌이었다. '그 밤, 어쩌면 엄마도 그런 틈새를 보고 놀라 발을 헛디딘 걸까? 그건 정말 실수였을까?' 지우는 그때까지 수백 번도 더 한 생각을 한번 더 곱씹었다. 지우는 여전히 엄마가 미우면서도 엄마에게 미안했고 그래서 더 집으로 돌아가는 게 두려웠다. 집에 가면 더욱 엄마 생각이 날 테니까. 게다가 선호 아저씨의 슬픔을 목도하는 것도 고통스러울 테니까.

갑자기 문자 알림음이 울려 지우는 점퍼 안에서 다시 휴대전화를 꺼냈다.

─지우야, 지금 어디니?

선호 아저씨였다. 지우는 휴대전화를 그대로 주머니에 넣었다. 그런 식으로 자신을 떠난 엄마에게 화가 나면서도 왜 자꾸 아저씨에게 화풀이를 하고 싶은 건지 알 수 없었다. 생전에 엄마가 자주 강조하던 대로 아저씨가 '좋은 사람'이라서?

─하지만 조금 약한 사람이기도 해.

아저씨와 살림을 합치기 전 엄마는 선호 아저씨를 소개하며 그렇게 말했다. '그렇지만 늘 센 척해온 네 아빠보다는 강한 사람'이라고. 점퍼 주머니 안에서 다시 지이이잉 진동음이 울렸다. 지우가 한숨을 쉬며 메시지를 확인했다.

─잘 있으면 잘 있다고 문자라도 주렴.

'어려운 일도 아닌데 간단히 답장할까?' 고민하다 지우는 고개를 저었다. '우리가 뭐라고.' 그런데도 자신의 이런 태도가 계속 신경 쓰이는 건 엄마에게 들은 어떤 얘기 때문이었다. 선호 아저씨가 오래전 가구 회사에 다닐 때 일이었다. 당시 아저씨네 회사 대표는 직원들에게 수시로 기합 주기로 유명했는데, 젊은 직원은 물론이고 자신의 삼촌뻘 되는 이들에게도 자주 '엎드려뻗쳐'를 시켰다고 했다. 그중에는 선호 아저씨도, 그리고 아저씨와 제법 가깝게 지내던 회사 동료도 있었다. 그런데 어느 날 대표에게 쇠파이프로 '빠따'를 맞고 상욕을 들은 그 동료가 옥상으로 가 허공에 그대로 몸을 던졌다. 집에 세 살배기 아들과 돌 지난 딸이 있는 사람이었다. 그뒤 고인의 아내가 회사에 소송을 걸었고 선호 아저씨는 그 일로 이런저런 증언을 하러 다녔다. 그런데 몇몇 직원이 유족에게 불리하다못해 고인을 욕보이는 말을 했고, 결국 유족들은 대표로부터 어떤 사과도 보상도 받지 못한 채 소송에서 졌다. 사과는커녕 명예훼손과 업무방해로 벌금을 물 처지에 몰렸다. 법정에서 그 과정을 다 지켜본 아저씨는 한 상사가 왜곡된 증언을 하는 순간 참다못해 이렇게 외쳤다.

—다 거짓말이야.

……정말 거짓말 같은 얘기였다. 실제로 아저씨가 엄마에게 잘 보이기 위해 거짓말을 한 건지도 몰랐다. 지우는 아저씨에 대해 아는 게 거의 없었다. 평소 생활 리듬이 달라 마주칠 기회가 흔치 않았고 늘 데면데면했다. 다만 지우는 두 해 전 생일 때 아저씨가 일부러 시간을 내 자신을 인근 도립 미술관에 데려간 일만은 생생히 기억했다. 지우에게 표 한 장을 준 뒤 정작 아저씨 자신은 가까운 솔숲 벤치에 누워 짧은 잠을 청했던 것도.

―저기, 지금 좀 바쁜가?

갑자기 김씨 아저씨가 말을 걸어왔다. 지우는 휴대전화에
서 눈을 떼 아저씨에게로 시선을 돌렸다.

―아니요. 왜요?

김씨는 문득 얼굴을 붉혔다.

―오늘이 우리 막내딸 생일이라 애한테 케이크라도 하나
보냈으면 허는디, 자네 혹시 이거 할 줄 아는가? 쿠폰 어쩌
고 하는데 잘 모르겠네.

김씨가 지우에게 자신의 휴대전화를 건넸다. 화면에 국내
유명 플랫폼의 '선물하기' 페이지가 떠 있었다.

―아, 이거 쉬워요. 여기 아저씨 통장이나 카드만 연결해
놓으면 돼요.

김씨는 그럴 줄 알았다는 듯 바로 실망하는 표정을 지었다.

―아이고, 그럼 안 되겠네. 괜히 귀찮게 해서 미안혀.

지우는 아저씨의 얼굴을 가만히 살폈다. 아저씨는 지난달
월급에서 십만원만 남기고 나머지를 다 집에 부쳤다. 시골
에서 자신의 두 딸을 맡아 키워주는 어머니에게 보내는 거
라고 했다. 처음에는 마냥 투박한 분인 줄 알았는데 지우는
아저씨에 대한 인상이 점점 변하는 걸 느꼈다. 어떤 생색이
나 엄살도 없이 두 딸을 위해 하루하루 성실하게 살아가는

어른으로. 그런데 통장이나 카드 얘기에 표정이 바로 흐려지는 걸 보니 아저씨는 소문대로 신용불량자가 맞는 듯했다. 아저씨는 월급도 현금으로 받았고, 집에 돈을 보낼 때는 은행에 가 직접 송금했다.

—저, 아저씨.

김씨는 아쉬운지 여전히 휴대전화 화면을 빤히 들여다보고 있었다.

—어?

—제가 누구한테 선물받은 기프티콘이 하나 있는데요.

—어.

—그거 아저씨한테 드려도 될까요?

김씨가 놀란 듯 손사래를 쳤다.

—아니여, 아니여. 선물받은 걸 왜 남한테 줘.

—제가 케이크를 안 좋아해서요. 어릴 때 먹고 탈이 난 적이 있거든요.

—그래?

—제가 이거 사진 찍어서 아저씨 휴대전화로 보내드리면 아저씨도 따님에게 똑같이 사진 보내면 돼요.

—아이고, 그려. 그럼 고마워. 내가 다음에 음료수라도 살게.

지우가 미소 지으며 선호 아저씨에게 받은 기프티콘을 김 씨에게 보냈다.

쉬는 시간이 끝나 두 사람이 공사 현장으로 걸음을 옮기려는 순간 저쪽에서 쿵 하는 소리와 함께 소란이 일었다. 곧이어 어른들의 웅성거림과 더불어 팀장님의 고함과 알 수 없는 여러 소리들이 칼바람에 실려왔다. 지우는 놀란 얼굴로 현장에 달려갔다. 진구 형이 대형 쇠기둥 아래 깔린 채 고통스러운 신음을 내고 있었다. 골이 깊게 파인 바닥에 핏물이 흥건했다. 마음 같아서는 당장 진구 형을 빼내주고 싶었는데 지우는 그만 그 자리에 얼어붙었다. 어느새 진한 피 비린내가 났다. 옆에 있던 팀장님이 "야 인마! 정신 차려!"라며 어깨를 치는 바람에 지우는 겨우 현실로 돌아올 수 있었다. 숙소에서 함께 동고동락하던 동료가 부지불식간에 비명을 지르는 그런 현실로. 진짜 세계로.

12

소리는 용식을 스케치하는 데 열중하다 사방에 환한 빛을 느끼고 잠시 고개 들었다. 지하철 유리창 안으로 대도시를 가르는 큰 강물과 뭉게구름, 기하학적 구조가 아름다운 교량을 비롯해 고층 빌딩이 한꺼번에 들어왔다. 소리가 먼눈으로 긴 수평선을 바라보며 속으로 중얼거렸다.

'좋은 직선이다.'

소리는 휴대전화를 들어 열차 밖 직선을 카메라에 담았다. 그러곤 사진첩을 열어 방금 찍은 풍경을 확인했다. 사진첩을 빠르게 훑다보니 친숙한 가족사진 한 장이 눈에 들어왔다. 몇 해 전 여름, 집에서 부모님과 티브이로 야구 경기를 본 날 찍은 거였다. 세 사람 다 집에서만 입는 옷을 입고 있어 적당히 후줄근했고, 거실 탁자에는 모서리가 세모나게 솟은 수박이 열 맞춰 놓여 있었다. 평소 엄마는 가벼운 모서리 공포증을 가진 아빠를 자주 놀렸는데, 그날도 아빠에게 일부러 수박 끝을 겨누며 가짜 위협을 가했다. 아빠는 햇빛을 쬔 흡혈귀마냥 수박 앞에서 고통을 과장하며 엄마에게 장단을 맞췄다. 거실 한쪽에서는 탈탈탈 선풍기가 돌아가고 창밖에서는 매미 울음소리가 들려왔다. 마침내 응원하는 팀이 점수를 내자 아빠는 자리에서 일어나 "그렇지!" 하고 환호했다. 그러곤 자긍심에 찬 얼굴로 한마디했다.

ㅡ야구에, 수박에, 진정한 여름방학이다.

소리는 그 풍경을 찰칵 찍어 휴대전화에 담았다. 순간 엄마가 "왜 이런 걸 찍냐"며 "나 오늘 머리도 안 감았단 말이야"라고 불평했다. 소리는 득의양양한 얼굴로 "내 마음이거든?" 말하고 줄곧 휴대전화만 들여다봤다. 그때는 그냥 별뜻 없이 한 행동이었는데, 지나고 보니 그 순간을 사진으로 남겨두길 잘했다 싶었다. 이제 그런 여름은 다시 오지 않을 테니까.

소리가 휴대전화 액정 위로 두 손가락을 벌려 엄마 얼굴을 확대했다. 긴 투병 기간 동안 엄마 몸은 계속 달라졌다. 장기는 물론이고 몸의 전체적인 선과 색이 변해갔다. 평소 엄마 모습을 많이 그려온 소리는 그걸 더 잘 느낄 수 있었다. 그래서 아픈 엄마를 그리다 말고 종종 손을 멈췄다. 소리는 엄마가 떠난 뒤에도 엄마 얼굴을 자주 그렸다. 엄마의 눈동자에 고인 빛을 표현할 땐 더 공을 들였고, 어깨선을 다듬을 땐 실제로 엄마를 쓰다듬는 것처럼 했다. 그렇게 한때 엄마였거나 여전히 엄마인 선들을 좇으며 손끝으로 엄마를 만졌다. 그런 식으로 엄마를 한번 더 가졌다.

'지우도 그랬을까?'

소리가 알기로 엄마는 젊었을 때 성우 시험에 응시하다 계속 떨어진 뒤 크고 작은 회사의 사무직을 전전했다. 그러다 결혼 무렵 부모님이 운영하던 건강원을 물려받았다. 몸에 좋다는 한약재와 흑염소, 녹용 등을 달여서 진공 포장해 파는 곳이었다. 다행히 장사가 잘돼 그뒤 엄마는 오직 가게 일에만 집중했다. 아빠 또한 나중에 보험 일을 접고 엄마 가게에 합류했다. 소리는 가끔 엄마가 어떻게 그렇게 자기 꿈과 깨끗이 작별할 수 있었는지 궁금했다. 엄마는 '그저 다음 단계로 간 것뿐'이라며, '작별한 건 맞지만 깨끗이 헤어진 건 아니'라고 했다. '대부분의 어른이 그렇게 사는데 그건 꼭 나쁜 일도 좋은 일도 아니'라면서. 그땐 그게 무슨 말인지 잘 몰랐는데 요즘에는 어렴풋이 알 것 같았다. 자신에게 재능은 있되 그게 압도적인 재능은 아님을 깨달아서였다. 사실 그걸 아는 데 그리 오랜 시간이 필요치는 않았다. 당장 학원 친구들의 그림만 봐도 쉽게 알 수 있었다. 소리는 궁금했다. 무언가를 시작하고 계속하는 데 필요한 재능은 얼마만큼인지. 그 힘은 언제까지 필요하고 어떻게 이어지는지. 손에 이상을 느낀 뒤로 소리는 그림에 대한 자신감을 더 잃어갔다. 그림이 즐거움을 주는 대상이 아닌 타인과의 접촉을 피하는 수단이 되다보니 그랬다. 그런데 최근 지우에게 줄 선물을 준비하며 소리는 자신이 오랜 시간 잊고 지낸 재미와 기쁨을 느꼈다. 내가 특별해지기 위해서가 아니라 타인과 무언가를 나누고 싶어 그리는 그림은 오랜만이었기 때문이다.

소리가 휴대전화 속 엄마 사진을 닫고, 용식을 마저 그려나갔다. 지우에게 줄 '용식이 달력'에 넣을 그림이었다. 지우가 돌아오는 날 소리는 지우에게 용식과 함께 그 달력을 건넬 계획이었다. 다른 이유는 없었다. 소리는 그저 그 자리에 자신이 채권자로 앉아 있지 않기를 바랐다. 지우 또한 채무자가 아닌 친구로 거기 있어줬으면 했다. 소리 생각에 그러려면 둘 사이에 어떤 형식 혹은 교환이 필요할 것 같았다. 사람 사이의 어떤 계산 혹은 지위를 무화시키는.

'그런데 그게 뭘까?'

처음 소리는 용식이 자신의 집에 머무는 두 달여의 시간을 차곡차곡 기록해 앨범으로 만들려 했다. 지우가 자리를 비운 사이 용식이 어떻게 지냈는지, 무얼 먹고 어떤 장난을 치며 놀았는지 지우에게 자세히 알려주려는 마음에서였다. 하지만 그런 일상 사진이라면 지우에게 이미 차고 넘칠 듯했다. 고민 끝에 소리는 결국 사진을 찍는 대신 그림을 그리기로 했다. 지우도 〈용식 일기〉를 카페에 올리기만 했지 다른 사람이 그린 용식은 거의 접해보지 못했을 터였다. 하지만 지우도 만화를 그리는 친구라 소리는 좀 주저됐다. 지우야말로 그동안 누구보다 많이, 누구보다 오래 용식을 그려왔을 텐데 혹 비교가 되지 않을까 걱정됐다.

'그럼 어쩌지?'

며칠 뒤척이다 소리의 머릿속에 문득 '시점 바꾸기'라는 말이 떠올랐다. 방법은 간단했다. 지금껏 지우 시점으로 올라온 〈용식 일기〉를 용식 시점으로 바꿔 그리는 거였다. 이를테면 그림 전면에 용식의 뒤통수를 그리고 용식의 시선으로 본 지우 모습을 묘사하는 식으로. 진지한 얼굴로 먹이를 고르는 지우의 옆얼굴이라든지 멀리서 연필을 쥔 채 그림에 집중하는 모습 등을 그리면 어떨까 싶었다. 어둠 속에서 홀로 잠든 지우의 실루엣이나 그림 속에 전부 드러나 있진 않지만 어느 밤 분명 존재했을 어떤 슬픔과 고독까지도. 소리 생각에 용식을 의인화할 필요는 없을 것 같았다. 용식은 지금처럼 무표정한 얼굴로 거기 그냥 있으면 됐다. 중요한 건 여러 번의 계절을 나는 동안 지우가 용식을 깊이 봐온 것만큼 용식 또한 지우를 계속 지켜봤음을 지우에게 알려주는 거였다. 서로 시선이 꼭 만나지 않아도, 때론 전혀 의식 못 해도, 서로를 보는 눈빛이 얼마나 꾸준히 그리고 고요히 거기 있었는지 보여주는 거였다. 그러니까 말이 아닌 그림으로. 그렇게 그저 시점이 바뀐 것만으로 지우가 무언가 알아챘음 싶었다. 비록 그게 지우가 이미 아는 걸 한번 더 알려주는 거라 해도. 그런 앎은 여러 번 반복돼도 괜찮을 것 같았다.

목표한 그림은 총 열두 장이었다. 1월부터 12월까지 각 계절을 용식의 발달 과정에 맞춰 분배해 지우의 옷차림과 소품, 배경 등을 조금씩 다르게 묘사할 계획이었다. 1월에는 작은 알이었을 때의 용식을, 2월에는 막 부화한 아기 용식을 그리는 식으로. 지우가 개학 전에 돌아온다 했으니 그때까지는 그림을 다 마칠 생각으로 열심히 작업해나갔다. 그리고 소리는 오늘 '용식의 여름'을 막 그리는 중이었다. 초여름, 러닝셔츠 차림의 지우가 턱을 괸 채 상념에 빠진 모습과 그걸 보는 용식의 크고 그렁그렁한 눈을 묘사하던 참이었다.

'그리고 겨울에는 용식이를 지우보다 크게 그려야지. 마치 토토로처럼 갑자기 덩치가 커진 용식이가 두 앞발로 손차양을 만들어 지우에게 드리워주는 모습을 연출해야지. 그렇게 용식이 스스로 대성당이 되어 하늘에서 떨어지는 눈송이를 막아주는 모습을 그려봐야지.'

소리가 가방 속 휴대전화 진동음을 느끼고 문득 스케치를 멈췄다.

—김소리. 잘 오고 있어?

아니나다를까 채운이었다. 그때서야 소리는 지금 자신이 지하철을 탄 이유를 새삼 자각했다. 채운의 아버지가 있는 요양병원까지는 아직 한 시간 정도 거리가 남아 있었다. 이미 이동중임에도 불구하고 소리는 오늘 채운의 아버지를 만나는 게 과연 옳은 일인지 여전히 확신하지 못했다. 지금까지 죽음이 아른거리는 어떤 암시 앞에 우연히 서본 적은 있어도 자신이 직접 손을 뻗어 만진 적은 없었다. 물론 엄마만은 예외였지만. 그건 남용이 아니라 이용이었다고, 누구라도 내 상황이었다면 똑같이 했으리라고 소리는 항변했다. 아무도 뭐라 그러지 않았는데 그랬다.

—여기 정문 앞에서 어떤 어른들이 무슨 시위 하고 있어. 조금 시끄러운데 그 길 지나서 안쪽으로 조금 들어오면 본관이야. 도착하면 문자 줘.

소리가 채운에게 알겠다고 답한 뒤 가만 제 손을 봤다. 그림을 배운 이래 지금까지 수백 번도 더 그린 손이었다. 또래에 비해 특별히 크지도 작지도 않은 손, 눈에 띄는 점이나 흉터 하나 없는 손. 그런데 그 손이 가끔 이상한 일을 했다. 물론 아직까지는 소리와 채운만 아는 일이었다.

'이야기가 가장 무서워질 때는 언제인가?'

소리가 슬픈 얼굴로 입술을 깨물었다.

'이야기가 끝나지 않을 때.'

그런데 채운은 지금 무서운 이야기 속에 갇혀 있는 모양이라고, 거기서 잘 빠져나오도록 도와줘야겠다고 생각했다. 소리는 곧 채운과 만날 예정이었고, 그건 하나의 비밀이 다른 비밀을 돕는다는 뜻이었다.

13

채운이 복도 계단과 이어지는 비상구를 바라봤다. 간병인
이 누군가와 즐겁게 통화하는 모습이 보였다. 간병인은 채
운과 눈이 마주치자 시선을 피하며 계단 안쪽으로 들어갔
다. 어렴풋이 들리는 소리로 보아 어린 손주와 대화중인 듯
했다. 간병인의 밝고 기쁨에 찬 목소리를 듣자 어릴 때 아버
지가 탱탱볼을 가지고 자신과 놀아준 기억이 났다. 본인이
기분좋을 때는 한없이 다정한 아빠처럼 굴다 금방 변덕 부
리며 모두를 긴장시켰던 것도. 정말이지 채운은 그 긴장이
지긋지긋했다. 아마 엄마도 그랬을 터였다. 그 어느 곳보다
도 편안하지 않던 곳, 현관문 앞에서 늘 크게 다짐하며 들어

가야 했던 곳이 채운에게는 '가정'이었다.

소리를 병실에 두고 나온 지 얼마 지나지 않았는데 벌써 긴 시간이 흐른 것 같았다. 채운은 소리가 저 안에서 무얼 볼지 궁금했다. 본다 한들 그걸 과연 자신에게 정직하게 말해줄지도. '여전히 날 이상하게 여기지 않을까?' 불안하면서도 결과를 빨리 알고 싶어 몸이 떨렸다. 동시에 채운은 '내가 지금 무슨 짓을 하고 있는 거지? 지금이라도 소리를 데리고 나와야 하는 게 아닐까?' 갈등했다. '그런데 소리는 왜 이렇게 안 나오지?' '결과가 어떻든 소리에게 모든 걸 털어놔야 할까?' '아니. 소리는 아마 이해 못 할 거야.'

채운이 홀로 고개를 저었다.

'소리는 엄마가 자길 떠날까 두려워 아픈 엄마의 손을 잡고 매일 기도했다는 아이니까. 나와는 다른 아이니까.'

채운이 초조한 듯 발을 떨었다.

'게다가 모든 사람이 다 진실을 원하는 건 아니잖아? 더구나 그게 자신에게 별 이득이 되지 않는 진실이라면.'

지금 소리가 모르는 진실이 있다면 그건 저기 침대에 무력하게 누워 있는 사내가 평소 자기 아내와 자식을 학대한 사람이라는 거였다. 결국 그 일로 아들에게 해를 당했다는 것도. 그 밤, 채운은 자신의 피 묻은 손을 보며 넋 나간 얼굴로 중얼거렸다.

─이상한 사람을 피해 도망친 곳에 더 이상한 사람이 있다. 그런데 그게 나다.

채운은 점점 손에 땀이 차는 걸 느꼈다. 동시에 머릿속에 '피, 침, 가족, 땀' 같은 단어가 어지럽게 맴돌았다. 축축하고 이상하고 끈적이는 무엇. 모두 '친족'을 떠올리게 하는 말이었다. 생명을 연상시키는 동시에 불쾌한 기운을 풍기는 무엇. 채운이 바지 위에 손바닥을 문지르며 언젠가 태주 이모가 해준 얘기를 떠올렸다. 그냥 지나가듯 한 말이었는데 이상하게 잊히지 않았다. 그날 이모는 여느 때처럼 거실 바닥에 신문지를 펼쳐놓고 식재료를 다듬고 있었다. 뭉치는 채운의 방에서 낮잠을 자는 중이었고, 이모 앞에는 채운을 포함해 사 인 가족이 먹기에는 좀 많다 싶은 호박잎이 수북이 쌓여 있었다. 채운은 옆에서 이모를 도왔다. 이모는 이런 때면 으레 '옛날이야기'를 해야 된다는 듯 새삼 '태선 언니'의 젊은 시절 얘기를 했다.

─언니가 결혼하고 얼마 되지 않았을 때였어.

채운은 묵묵히 이모 말에 귀기울였다.

―언니는 신혼집을 열심히 고치고 꾸몄어. 그런 다음 남들처럼 몇몇 지인을 불러 집들이를 했지. 형부 직장 사람들이 왔을 땐 나도 일손을 보탠 기억이 나네? 그런데 한번은 묘한 일이 있었어. 언니가 대학 동기들을 집에 초대했는데 한 친구만 주말에 시간이 안 된다고 해서 평일에 따로 불렀다는 거야. 무척 가까웠던 사이라 언니도 귀찮아 않고 기꺼이 상을 차렸고. 그 친구는 현관으로 들어설 때 활짝 웃으며 언니에게 아름다운 크리스털 꽃병을 선물로 줬대. 그러고 같이 밥 먹고 잘 놀다 헤어졌고. 뭐 여기까지는 흔한 얘기지?

채운이 가만 고개를 끄덕였다.

―그런데 그 친구가 그후에 이상한 소리를 하고 다녔대.

―뭐라고요?

이모 주위에서 짙푸른 호박잎 냄새가 알싸하게 풍겼다.

―며칠 뒤 언니가 다른 동기를 만났는데, 요즘 그 친구가 사람 만날 때마다 언니 얘기를 하고 다닌다고 했나봐.

채운은 별말 않고 다음 말을 기다렸다.

―자기도 그 집에 가봤다고. 소문대로 아름다운 집이더라고. 그런데 언니가 그날 술에 취해 꽃병을 깨뜨렸다고 했나봐. 그러곤 갑자기 거실 바닥에 주저앉아 엉엉 울더라고. 깨진 유릿조각을 치우지도 않고 그 앞에서 한참 통곡하더라고

했대.

―정말이에요?

―뭐가?

―우리 엄마가 정말 그랬어요?

―아니.

채운이 도통 이해가 안 간다는 표정을 지었다.

―그럼 대체 왜?

이모가 눈썹을 치켜올렸다.

―나야 모르지.

―……

―그런데 지난번에 면회 갔을 때 언니가 그런 말을 하더
라. 그땐 그냥 넘어갔는데 요즘 자꾸 그 얘기가 생각난다고.
어쩌면 누군가 그걸 원해서, 산산조각난 유릿조각 앞에서
자신이 통곡하는 모습을 그토록 생생히 그릴 정도로 바라
서, 간절히 꿈꿔서, 자기가 이렇게 된 건지도 모르겠다고.

이모가 호박잎을 다듬다가 멈추고 문득 거실 바닥을 응시
했다.

―있지, 사람들 가슴속에는 어느 정도 남의 불행을 바라
는 마음이 있는 것 같아. 아무도 몰랐으면 하는, 그런데 모
를 리 없는 저열함 같은 게.

그러곤 다시 호박잎의 긴 섬유질을 손으로 뜯어내며 말을 이었다.

―그러니 너도 조심해.

―……

―믿을 건 가족뿐이야.

'가족……'

저멀리 간병인이 여전히 자신의 어린 손주와 통화하며 웃는 모습이 보였다. 채운은 지금 저 병실에 누워 있는 사내와 자신이 피가 섞였다는 사실이 믿기지 않았다. 실은 아주 오래전부터 그랬다. 저 사람의 피가 자기 안에 흐르고 있다는 그 명백함, 그 징그러움을 어쩌지 못해서였다. '그러니 이상한 사람을 피해 도망친 곳에 더 이상한 사람이 있는 건 당연한 일 아닐까?' 채운이 쓸쓸한 미소를 지었다.

'피는 한 사람에 대해 혹은 그 가계에 대해 무얼 얼마만큼 말해주나?'

채운은 자신과 피 한 방울 안 섞인 뭉치를 아버지보다 더 가족으로 여겼다. 아버지가 폭력을 휘두르기라도 하는 날이면 뭉치는 현관에서 채운의 운동화를 한 짝 물고 와 '어서

도망가'라는 듯 채운 앞에 내려놨었다. 평소 소심하고 겁도 많은 주제에 그 밤 아버지에게 맞서 큰 소리로 짖으며 채운을 보호하려 한 것도 뭉치였다. 그런데 자신은 정작 뭉치를 사고로부터 구해주지 못했다. 경기에서 패했을 때도, 동네에 퍼진 나쁜 소문의 주인공이 되었을 때도 뭉치를 잃었을 때만큼 슬프지는 않았다. 이쯤 되자 채운은 뭉치가 죽은 게 아버지 때문인 것처럼 느껴졌다. 오기준씨가 내 아버지가 아니었다면 애초에 이모네 집에 더부살이할 일도 없고, 그럼 뭉치도 사고 따위 안 당했을 테니까. 엄마도 뭉치도 또 자신도 한데 모여 살았을 테니까.

뭉치는 얼마 전 세상을 떠났다. 선이와 산책하다 갑자기 흥분한 뭉치가 도로를 향해 내달리면서 벌어진 일이었다. 선이의 연락을 받고 온몸이 땀에 젖도록 달려온 채운은 뭉치를 보자마자 뭉치의 가슴에 귀를 댔다. 채운은 뭉치의 두 눈을 손으로 부드럽게 감겨주고 싶었지만 그러면 왠지 모든 걸 인정하게 될까봐 눈앞의 진실을 외면하고 뭉치를 등에 업었다. 그리고 거의 삼십 킬로그램에 달하는 뭉치를 업고 근처 동물병원까지 뛰었다. 채운의 등에서 땀이 비 오듯 흘렀다. 채운은 자신의 등뒤에서 점점 차갑게 식어가는 뭉치를 느끼며 속으로 '제발, 제발' 하고 외쳤다. 채운의 뺨으로 눈물이 계속 흘러내렸다.

채운은 그뒤 일들을 얼마간 기억하지 못했다. 채운은 방안에 틀어박혀 유령처럼 지냈다. 이모가 아무리 맛있는 걸 해줘도 몇 술 뜨지 않았고, 잘 씻지조차 않았다. 그러다 불현듯 소리가 했던 말을 떠올렸다. 마치 모든 걸 알고 있는 듯, 의사가 시한부 환자에게 그러는 양 자신에게 앞으로 뭉치와 최대한 많이 놀아주라고 했던 말을.

'대체 왜 그런 말을 한 거지?'

한동안 그 생각에 사로잡힌 채운은 결국 소리네 아파트 단지로 찾아갔다. 소리는 검은색 패딩점퍼를 걸친 채 채운이 말한 놀이터 앞으로 나왔다. 채운은 불안한 얼굴로 소리에게 물었다.

— 너 다 알고 있었어?

— 뭘?

— 뭉치가 떠날 거란 거.

소리의 얼굴이 살짝 굳었다. 놀라지도 이상해하지도 않는 표정이었다. 그걸 보고 확신을 얻은 채운이 단호하게 얘기했다.

— 말해줘.

그러면서도 자신의 목소리가 몹시 떨리는 걸 느꼈다.

─혹시 아는 게 있다면 말해줘, 제발.

소리가 속을 알 수 없는 얼굴로 채운을 빤히 바라봤다.

─무슨 말이 듣고 싶은데?

채운이 두 눈에 절박함을 담아 말했다.

─그냥 네가 알고 있는 것 모두.

두 사람은 한동안 서로를 응시했다. 한참 뒤 소리가 입을
열었다.

─대신 조건이 있어.

채운이 진지하게 고개를 끄덕였다.

─지금부터 내가 하는 이야기를 어떤 의심도 없이 들어주
기로 약속해. 그리고 아무에게도 말하지 않기로.

그때부터 채운은 소리의 긴 이야기를 들었다. 단 한 번도
말을 끊지 않고, 진지하고 정중한 자세로. 누가 들어도 명백
한 거짓 같아서 웃어넘길 것 같은 이야기를. 채운은 그 이야
기를 믿지 않을 수 없었다. 뭉치의 죽음이 채운을 그렇게 만
들었다. 게다가 소리의 이야기 속에는 보리라는 이름의 또
다른 개도 나왔다.

하지만 이 이야기는 여기서 끝이 아니었다.

얼마 뒤 채운은 소리에게 부탁했다. '우리 아버지가 오랫

동안 병원에 계시는데 혹시 손을 잡아봐줄 수 없느냐'고. '나는 우리 아버지가 꼭 사셨으면 좋겠는데, 어느 날 말도 없이 가실까봐 잠도 안 오는데, 네가 딱 한 번만 우리 가족에게 남은 시간을 확인해주면 안 되겠느냐'고. '아버지가 돌아가실지 알고 싶다'고.

오늘이 그날이었다. 그렇게 거짓말을 해서라도 아버지에게 소리를 데려가고 싶었다. 뭉치조차 곁에 없는 지금 채운은 아버지가 깨어날까봐 무서웠다.

채운이 어두운 얼굴로 복도 끝을 바라봤다. 멀찍이 소리의 모습이 보였다. 채운은 자기도 모르게 의자에서 벌떡 일어났다. 하지만 그대로 자리에 붙박여 아무 말도 못하고 소리만 빤히 쳐다봤다. 채운을 향해 걸어오는 소리의 얼굴이 점점 선명해졌다. 결과를 짐작할 수 없는 얼굴이었다. 잠시 후 소리가 채운 앞에 조용히 섰다. 뭔가 주저하는 표정이었다. 채운이 질문이 담긴 눈으로 소리를 바라봤다. 이윽고 소리가 정중하고 낮은 목소리로 한마디했다.

─곧 회복하실 것 같아.

채운은 자리에 털썩 주저앉았다. 그러곤 안도인지 슬픔인지 모를 긴 울음을 터뜨렸다. 마치 오래전 엄마의 단짝 친구가 지어낸 이야기 속 가짜 울음을, 현실에는 존재하지 않았던 그 유릿조각 앞의 눈물을 뒤늦게 진짜로 이어받기라도한 양. 앞에 선 소리가 한 손으로 채운의 어깨를 잡았다. 그러곤 진심어린 투로 채운을 향해 말했다.

　―걱정하지 마. 괜찮아지실 거야.

14

며칠 뒤, 소리는 제 방 책상에 앉아 눈앞의 흰 종이를 바라봤다. 나중에 지우에게 선물할 용식이 달력 중 한 장을 그리기 위해서였다. 종이 위에 연필이 마찰하는 순간 떨림을 느끼며 소리는 새삼 '그래, 나는 이 느낌을 좋아했지' 생각했다. '누군가와 악수하지 않고도 접촉하는 듯한 감각을.'

— 참, 용식이 밥 줘야지.

소리가 자리에서 일어나 책상 뒤 사육장 쪽으로 갔다. 처음 걱정과 달리 소리는 점차 용식을 돌보는 기쁨과 보람을 느꼈다. 자신의 손이 죽음 가까이에 있는 게 아니라 생명을 가꾸고 살피는 데 쓰이는 것 같았다. 최근 그림을 그릴 때도 소리는 비슷한 감정을 느꼈다. 손끝에서 무언가 새로 태어나는 듯한. 비록 큰 변화는 아니나 이따금 가슴에 바람이 불고 볕이 드는 기분이 들었다. 운이 좋다면 상대의 마음에도 옮길 수 있을 것 같은 미풍이었다. 소리는 용식의 물그릇과 먹이 그릇을 확인한 뒤 코코넛 피트 위의 똥을 살폈다. 항상 은은하게 기름기가 돌던 배설물이 오늘따라 푸석해 보였다.

—용식아.

용식이 역삼각형 머리를 소리 반대쪽으로 맥없이 돌렸다. 평소 사육장 안에서 움직임이 꽤 빠른 편인데 이상했다.

—어디 아파?

가만 보니 눈동자도 힘이 좀 풀려 있었다.

—왜 그래? 지우 형 보고 싶어서 그래?

소리는 부엌으로 가 냉장고에서 사각 플라스틱 용기를 꺼냈다. 평소 소리는 용식의 똥뿐 아니라 용식의 먹이인 갈색거저리 유충의 똥도 치웠다. 용기 속 밀기울이 작은 입자로 몽글몽글 변하면 새 걸로 갈아주는 식이었다. 소리가 밀기울에 파묻힌 유충 중 용식이 좋아할 만한 걸 골라 먹이 그릇에 올렸다. 하지만 용식은 그릇 안에서 꿈틀대는 먹이를 가만히 응시할 뿐 전혀 손대지 않았다.

―정말 어디 안 좋은 거야?

소리가 혹 집에 보일러를 너무 세게 튼 게 아닐까 싶어 사육장 안 온도를 확인했다. 레드 아이 아머드 스킨크는 주위 온도가 삼십 도만 넘어가도 죽는 일이 흔했다. 오죽하면 아이스크림이라는 별명이 있을 정도였다.

'이십육 도면 나쁘지 않은데.'

소리는 불안한 마음을 누르며 냉동고에서 얼린 생수병을 꺼내왔다. 그러곤 생수병에 손수건을 돌돌 말아 사육장 안에 집어넣었다.

'지우에게 연락해야 하나?'

망설이다 소리는 일단 상황을 지켜보기로 했다. 지우에게 괜한 걱정을 끼치고 싶지 않았다.

―용식아, 조금만 참아. 형 금방 올 거야.

소리가 다정한 목소리로 용식을 위로했다. 그런데 용식의 반응이 좀 이상했다.

―용식아?

소리의 가슴이 빠르게 뛰었다.

―안용식?

소리는 마른침을 삼키고 용식을 뚫어져라 응시했다. 용식은 아무 기척이 없었다.

―안용식, 장난치지 마.

소리가 아무렇지 않은 척 목소리를 높였다. '용식이가 긴
장하거나 놀랄 때면 가끔 죽은 척하는데, 속지 말라'던 지우
말이 떠올라서였다. 실제로 소리가 용식에게 "너 이 녀석 빨
리 일어나" 하고 외치자 용식이 자리에서 일어났다. 와중에
척추부터 꼬리까지 길게 이어지는 세 줄의 가시가 늠름하니
아름다웠다. 용식은 겸연쩍은 듯 앞발로 목을 긁은 뒤 고사
리숲 안으로 들어갔다. 소리가 크게 안도의 숨을 내쉬었다.

15

채운이 영정 속 아버지를 바라봤다. 젊었을 때 사진이라 아버지는 지금보다 훨씬 강하고 날카로워 보였다. 한쪽은 우울과 매력을 담당하고 다른 쪽은 계산과 처세를 맡은 듯 각기 그 온도와 역할이 달랐던 두 눈 또한 마찬가지였다. 당숙과 나란히 빈소를 지키며 채운은 슬픔보다 당혹감을 느꼈다. 자기 생애 첫 정장이 상복인 것도, 아름다운 꽃 속에 파묻힌 아버지 사진을 보는 것도 그랬다. 아버지를 염습하기 전, 젊은 장례 지도사는 "아버님께서 깨끗해지시는 과정입니다"라고 상주인 채운에게 말했다. 와중에 채운은 애도할 자격과 애도받을 자격에 대한 생각을 멈출 수 없었다.

문상객은 많지 않았다. 친척 어른 몇 명과 아버지 지인들이 전부였다. 그나마 외가에서는 거의 조문을 오지 않았다. 태주 이모도 식장까지 와서는 영정 앞에 절도 안 하고 그저 채운의 손을 한번 꼭 잡아준 뒤 떠났다. 반면 친가 어른들은 채운에게 다가와 한마디씩 했다.

—상심이 크지.

—그동안 얼마나 고생이 많았니.

—아이고, 아버지를 쏙 빼닮았네.

'아버지를 찌른 사람은 난데.' 채운은 사람들이 자신을 위로하는 게 이상하게 여겨졌다. 장례식 내내 위로가 아닌 벌을 받는 기분이었다. 장례와 관련된 행정 일은 주로 당숙이 맡아 해결해줬다. 아버지는 화장 후 봉안당에 모시기로 했다. 친척들이 밥과 술을 먹으며 넌지시 혹은 노골적으로 엄마 욕을 했다. 채운은 당장 그 자리를 벗어나고 싶었지만 지금까지 애써준 당숙 얼굴을 봐 참았다. 그러곤 감정을 다스리려 계속 뭉치 생각을 했다. 이럴 때 뭉치의 크고 따뜻한 몸에 기대 잠들 수 있다면 모든 게 괜찮아질 것 같은데. 정작 사랑하는 뭉치에게는 제대로 된 장례조차 치러주지 못했다는 사실이 가슴 저렸다. 진짜 내 가족은 뭉치인데 어떤 거대한 연극 속에 들어와 있는 기분이었다. 채운은 지금이야말로 자신이 어떤 결정을 내려야 할 때가 아닐까 싶었다. 이번에는 엄마가 반대해도 어쩔 수 없다고, 자신도 더이상은 못 버티겠다고 생각했다.

방학중인데다 학교에 따로 소식을 알리지 않아 문상 온 친구는 없었다. 그런데 어떻게 알았는지 밤 열시 무렵 검은색 원피스를 입은 소리가 빈소를 찾아왔다. 채운은 몹시 놀랐지만 이내 상주다운 자세를 갖췄다. 두 사람은 서로 마주 보고 절했다. 소리는 이럴 때 무슨 말을 해야 좋을지 몰라 곤혹스러운 듯했다. 채운이 먼저 용기 내 소리의 손을 잡았다. 그러곤 어떤 사심도 의심도 담기지 않은 목소리로 차분히 말했다.

—와줘서 고마워.

소리는 채운의 손을 뿌리치지 않고 그 자리에 가만히 있었다. 채운은 소리 손의 따뜻한 체온을 느꼈다. 곧이어 채운이 진짜 어른처럼 혹은 상주처럼 말했다.

—뭐 좀 먹고 가.

소리가 고개 저었다.

—아니야. 금방 가봐야 해.

채운은 당숙에게 잠시 빈소를 맡기고 장례식장 밖까지 소

리를 배웅했다. 소리에게 묻고 싶은 게 많았지만 입 밖으로
꺼내지 않았다. 소리도 많이 놀란 눈치였고, 이제 와서 그런
게 다 무슨 소용인가 싶었다. 소리의 예측이 맞고 틀리고를
떠나 채운은 소리가 그 어려운 자리에 동행해준 것만으로도
감사했다. 반면 소리는 채운에게 계속 미안한 표정을 지었
다. 그날 병원에서 아버지를 본 뒤 '곧 회복하실 것 같다'고
한 말에 책임을 느끼는 모양이었다. '하지만 그게 왜 소리
잘못이란 말인가?' 채운은 소리가 부디 그런 마음을 갖지 않
길 바랐다. 장례식장 입구의 벤치에 앉아 두 사람은 짧은 대
화를 나눴다.

　―미안해. 이런 일이 생길 줄 몰랐어.

　채운이 희미한 미소를 지었다.

　―아니야. 그런 생각 마. 오히려 너한테 그런 일을 부탁해
미안한 건 나야.

　소리는 잠시 침묵했다. 채운이 진심으로 얼굴을 붉혔다.

　―지나고 생각해보니 정말 그러면 안 되는 거였어.

　채운은 그뒤 자신이 '새한빛요양병원 환자 학대 방지 및
조치를 위한 보호자 모임'에 연락한 사실을 말할까 하다 결
국 하지 않았다. 소리로부터 아버지가 곧 회복될 거란 얘기
를 듣고 오랜 고민 끝에 용기를 내 한 일이었지만, 왠지 생

색을 내는 것처럼 보일 것 같아서였다. 대신 채운은 딴 얘기를 했다.

—그리고 있지, 이따금 나 교실에서 네가 뭔가 그리는 걸 봤어. 그리고 네 그림이 근사하다 생각했어.

—……

—앞으로도 네 손이 그런 일에 쓰였으면 좋겠어.

소리가 자기도 모르게 물끄러미 제 손을 봤다.

—네게 어울려.

소리가 그런 채운을 보고 우는 듯 웃는 듯 뜻 모를 미소를 지었다.

16

 소리가 장례식장에서 돌아오니 용식이 사육장 안 코코넛 피트 위에 꼼짝 않고 엎드려 있었다. 소리는 그 모습을 보고 가슴이 철렁 내려앉는 걸 느꼈다. 최근 들어 용식이 밥도 잘 안 먹고 행동이 느려져 걱정하던 차였다. 소리는 애써 불안함을 누르며 용식에게 "장난치지 마"라고 말했다. 그러면 용식이 지난번처럼 멋쩍은 듯 앞발로 목을 긁으며 일어설 것 같아서였다. 하지만 용식은 미동조차 하지 않았다.

 ―용식아.

 검은 원피스 차림의 소리가 손끝으로 사육장 겉면을 톡톡 건드렸다.

—안용식?

　보다못한 소리가 사육장에서 용식을 꺼냈다. 평소에는 예민하고 겁 많은 용식을 의식해 되도록 만지지 않았었다. 소리는 떨리는 손으로 용식을 손바닥 위에 올렸다. 용식이 몸에 힘이 하나도 없고 딱딱했다. 혹시나 싶어 용식을 뒤집으니 용식은 흰 배를 드러낸 자세 그대로 움직이지 않았다. 소리는 용식에게 무슨 일이 생겼는지 이해했다. 그러곤 그 자리에 굳은 듯 한참을 서 있었다.

17

　2월 초, 채운은 오랜만에 바람영어 앱을 열었다. 당분간 아무것도 하고 싶지 않은 마음을 겨우 누르고서였다. 채운이 피곤한 얼굴로 태블릿 피시 화면을 건드리자 곧이어 한 손에 지휘봉을 든 바람돌이가 나타나 채운에게 인사했다. 바람돌이의 한결같은 텅 빈 눈동자가 새삼 반가웠다.

　접속사를 활용해 이야기를 만들어봅시다.

　바람돌이가 오늘의 학습 목표를 알려줬다. 바람돌이가 지휘봉으로 칠판을 치자 하늘에서 여러 개의 접속사가 후드득 떨어졌다. 바람돌이가 그중 하나에 머리를 맞고 과장되게 아픈 척했다.

then 그러고 나서
after that 그뒤에
on the other hand 반면에
at the end 결국에
……

'아, 영어에서는 반면에를 다른 손on the other hand이라 하는구나.'

채운은 자신의 오른손을 가만 바라봤다. 그러곤 자기 삶에 '그래서'와 '반면에'가 각각 어떤 비율로 존재할까 자문했다. 채운이 생각하기에 논리로 설명 가능한 일은 대부분 '그래서'와 '그런 뒤' 다음에 일어났다. 반면 흥미를 끄는 쪽은 '그런데'나 '한편'이었다. 하지만 세상에는 접속사 없이도 누군가의 마음을 건드리는 이야기가 있었다. 채운이 지난해 영작 시간에 들은 얘기만 해도 그랬다. 채운은 지금도 그 글의 일부를 기억했다. 수업 주제는 '최고의 날the best day'이고, 발표자는 소리였다. 수업중 갑자기 지목당한 소리는 당황하다 곧 자기 글을 천천히 읽어나갔다.

　나는 그녀와 산책합니다.

　그녀의 이름은 연미정입니다.

　내 '최고의 날', 내게 일어난 일은 이렇습니다.

　내가 말하면 그녀가 듣습니다. 그녀가 얘기하면 내가 듣습니다.

　우리는 함께 웃습니다.

　그곳에 큰 사건은 없습니다.

　대신 그녀가 있습니다.

　소리는 문장을 과거형이 아닌 현재형으로 썼다. 그 일이 마치 지금 눈앞에서 다시 벌어지기라도 하는 양. 게다가 그 글에는 접속사가 없었다. 자신은 속임수를 쓰지 않는다며 상대에게 빈 손바닥을 활짝 펼쳐 보인 채 게임을 시작하는 느낌이었다. 문장이 쉽고 어려운 단어가 별로 없어 채운은 소리의 발표를 거의 알아들을 수 있었다. 그러곤 소리 글의 마지막 문장을 속으로 따라 했다.

　'그곳에 큰 사건은 없습니다. 대신 그녀가 있습니다.'

　지금 소리 곁에 어머니가 없다는 걸 아는 몇몇 친구들은 숙연해졌다. 채운 또한 마찬가지였다. 영어 선생님은 소리에게 "그래, 너의 베스트 데이는 노멀 데이a normal day구나?" 하고 따뜻하게 웃어 보였다. 그러곤 교사답게 "중요한 교훈이니 여러분도 잘 기억해두세요"라 덧붙였다.

—자, 또 읽어볼 사람?

영어 선생님이 주위를 둘러보자 채운은 얼른 고개를 숙였다. 그간 축구장에서 많은 이들의 시선을 받았지만 이런 일은 여전히 곤욕이었다. 그러면서도 채운은 자신의 공책 위에 적힌 삐뚤빼뚤한 글씨를 바쁘게 들여다봤다. 혹시 모를 망신을 피하기 위해서였다. 채운은 속으로 자신의 글을 빠르게 읊으며 영어와 한국어, 경어와 평어를 섞어 제멋대로 연습했다.

아기 때 나는 놀았습니다, 엄마와.

나는 탑니다, 미끄럼틀을, 몇 번이나.

나는 반복한다, 올라갔다 내려가길.

나는 웃습니다, 추락하면서.

엄마가 있다, 저 아래, 나를 보며.

안전한 추락입니다.

집에서 한 과제라 채운은 '미끄럼틀'이나 '추락' 같은 단어를 미리 찾아볼 수 있었다. 채운은 저때가 자기 삶에서 최고의 날까지는 아니어도 꽤 '좋은 날'이었음을 인정했다. 작은 몸에서 기쁨과 신뢰가 분수처럼 터져나오던 때. 저 아래서 자신을 지켜보는 누군가가 '마음놓고 내려와도 된다'며 고개를 끄덕여주어 그 사람에게 정말 마음껏 안겼던 그날이.

'그런데 어쩌다 지금 우리는 전혀 다른 데 와 있을까?'

채운은 접속사만으로는 잘 설명되지 않는 인간의 마음, 인간의 여러 선택을 떠올렸다. 그러곤 다시 오늘의 학습 목표를 응시했다.

접속사를 활용해 이야기를 만들어봅시다.

채운이 속으로 방금 전 바람돌이가 알려준 접속사를 암기했다. '다음' 단추를 누르자 가벼운 몸풀기 질문이 나왔다.

당신이 가장 최근에 접한 이야기는 무엇입니까?

기계적인 질문임을 알면서도 채운은 어느새 몸과 머리가 긴장되는 걸 느꼈다. 날아오는 축구공을 볼 때처럼 한쪽 뇌가 무언가 감지하고 분주해진 거였다. 채운은 잠시 어떤 답을 적을까 갈등했다. 사실 꾸며내기로 마음먹는다면 못할 것도 없었다. 영화, 만화, 소설 등 예로 들 만한 건 얼마든지 있었다. 게다가 바람돌이는 비밀을 누설하지도, 심판하지도 않을 터였다. 채운은 '기계한테 진실을 말할 필요가 있을까?' 하고 갈등하다 '고작 기계잖아?' 생각했다. 그러곤 결국 바람돌이에게 지금껏 아무에게도 하지 않은 이야기를 꺼냈다. 문법이 틀리고 단어가 부적절해도 상관없었다.

내가 최근에 접한 이야기는 아버지의 부고입니다.

바람돌이가 "오, 정말요?" 하고 기계적인 반응을 보였다. 채운이 세상에 존재하지 않는 영화나 소설의 제목을 댔어도 아마 똑같이 굴었을 터였다.

그렇다면 접속사를 활용해 그 이야기의 줄거리를 말해봅시다.

바람돌이가 자신이 한 말을 곧이곧대로 받아들이는 걸 보며 채운은 헛웃음이 났다. '줄거리'라니. 살면서 자기 삶을 한 번도 그런 식으로 요약해본 적은 없었다. 게다가 '그 일'

이라면 더. 채운은 좀 머뭇대다 '쓰다가 바로 지우면 그만'
이란 마음으로 솔직하게 적어나갔다. 오래전부터 누군가에
게 무척 이 얘기를 하고 싶었는데, 마침 바람돌이가 물어줘
고맙다는 생각마저 들었다. 채운은 모르는 단어가 생길 때
마다 사전을 찾아가며 더듬더듬 문장을 채워나갔다.

내가 가장 최근에 접한 이야기는 아버지의 부고입니다.

채운이 잠시 숨을 골랐다.

이 이야기의 줄거리는 이렇습니다.
최근 아버지의 장례식을 치렀습니다.
내가 상주입니다.
손님 대부분은 친척입니다.
그들은 했다, 위로를 내게.
손을 잡고, 따뜻하게.
그들은 내게 얼마나 상심이 크냐고 합니다.
그들은 내게 고인의 명복을 빈다고 합니다.
그들은 내게 아버지를 쏙 빼닮았다 합니다.
그들은 내게 장지는 어디냐고 합니다.

그들은 내게 밥은 좀 먹었느냐고 합니다.

그들은 내게 어른이 주는 술이니 한 잔은 괜찮다고 합니다.

그들은 내게 고인의 평안을 빈다고 합니다.

그들은 모른다, 아무것도.

채운은 여기까지 쓴 뒤 잠시 망설이다 평소보다 빨리 문장을 이어나갔다. 마치 그동안 이런 대화에 목말랐다는 듯.

아버지를 찌른 사람은 난데 사람들이 나를 위로합니다.

나는 무릎 꿇고 고개 숙여 그들에게 절합니다.

이곳은 내가 벌받는 자리입니다.

위로가 벌이 됩니다.

채운은 화면을 가만 바라보다 지금껏 쓴 문장을 지울까 고민했다. 그러다 자기도 모르게 그냥 입력 단추를 눌렀다. 이윽고 바람돌이가 문법상 어색한 곳을 짚어주고 중요한 단어를 알려줬다. 그런 뒤 여느 때처럼 채운을 '다음 단계'로 데려갔다.

그 이야기의 주제는 무엇인가요?

채운은 쓴웃음을 지었다. '줄거리'와 마찬가지로 한 번도 이런 일의 '주제'를 떠올려본 적이 없어서였다. 채운이 화면을 응시하다 다소 반항적인 투로 답했다.

나도 모릅니다.

그러자 태블릿 피시 화면에 비친 제 모습이 새삼 교도소 접견실 창에 비친 얼굴과 겹쳐 보였다. 며칠 전, 채운은 엄마에게 갔다. 그러곤 여느 때처럼 투명 창을 사이에 두고 엄마와 마주앉았다. 채운이 창 너머로 조심스레 아버지의 부고를 전했다.

— 엄마, 엄마에게 할말이 있어.

채운이 마저 입을 떼기도 전에 태선이 답했다.

— 알고 있어.

— 어떻게?

— 직원들이 알려줬어.

— 그렇구나.

채운이 고개 숙였다.

— ……내가 상주였어.

태선이 차분하게 응했다.

─그랬겠지.

─문상객은 거의 친가 사람들이랑 아빠 친구들뿐이었고 그마저도 몇 명 없었어.

태선이 짧게 고개를 끄덕였다.

─장지는?

─화장했어.

─선산에 안 묻고?

─어.

채운이 하는 모든 말에 태선은 놀라울 정도로 침착하게 반응했다. 채운은 아버지 발인 날 젊은 장례 지도사가 자신에게 한 말을 떠올렸다. "결관이 잘 됐네요. 영정 사진과 함께 출상하겠습니다. 상주님 오셔서 고인분 성함 확인할게요." 채운은 관 한쪽에 적힌 '오기준'이란 이름을 가만 바라봤다. 그러곤 장례 지도사를 향해 고개를 끄덕였다. 곧이어 장례 지도사들이 아버지를 리무진에 실었고 채운은 친척들과 함께 아버지를 향해 묵례했다. 모두 정해진 틀에 따라서였다. 하지만 채운은 여전히 자신이 어떤 기분을 느껴야 할지 잘 몰랐다.

─아빠, 납골당 제일 아래 칸에 모셨어. 제일 위 칸이랑

아래 칸이 가장 쌌는데 당숙한테 내가 그럼 제일 아래 칸으로 하자고 했어. 바닥이랑 제일 가까운 데로 하자고. 거기는 아빠 사진을 보려고 해도 잘 안 보여서 바닥에 쪼그려앉아야 하는 데거든. 그러고도 고개를 옆으로 꺾어야만 겨우 아빠 얼굴을 볼 수 있는 자리.

태선이 천천히 고개를 끄덕였다.

—어딘지 궁금해?

—아니.

채운은 이 대화도 녹음중이란 사실을 의식하며 천장을 한번 휘이 둘러봤다. 그러곤 잠시 입술을 달싹였다. 엄마에게 꼭 할말이 있어서였다. 채운은 '그 일' 이후 단 하루도 빠지지 않고 생각했다.

'내가 어떻게 하는 게 좋을까?'

아버지가 돌아가시기 전 집 경매 문제로 당숙을 만났을 때 채운은 오랜만에 전에 살던 빌라에 갔다. 그러곤 혼자 동네를 배회하다 아버지의 단골 식당이었던 돼지갈빗집 앞에서 걸음을 멈췄다. '혹시 누가 나를 알아보면 어쩌지?' 하는 걱정과 '사람들은 남의 일을 정말 쉽게 잊는다'는 실감이 동시에 들었다. 채운은 돼지갈빗집 옆 김밥 가게며 놀이터 등을 지나 무작정 걸었다. 그런데 어느 순간 정신을 차리고 보니 파출소 앞에 와 있었다. 채운은 '여기 내가 온 건지, 내 마음이 온 건지, 아니면 모든 게 우연인 건지 모르겠다'고 생각했다. 그러면서도 그 앞을 떠나지 못하고 파출소 문만 뚫어져라 쳐다봤다. 채운은 몇 번이고 망설이다 결국 몸을 돌려 이모 집으로 돌아갔다. 그리고 그런 자신에게 실망했다. 하지만 이제 상황이 달라졌고 채운의 가슴속에는 굳은 결심이 서 있었다. 그걸 엄마에게 전하기만 하면 됐다. 그런데 채운이 막 입을 열려는 순간 태선이 정색하며 말을 가로막았다.

—너 쓸데없는 생각 하지 마.

태선이 지금껏 보인 적 없는 단호한 표정을 지었다.

—내가 무슨 생각으로 여기서 일 년을 버텼는데. 그 시간을 무의미하게 만들지 마.

—하지만 엄마……

—그럼 나도 가만있지 않을 거야.

—엄마……

—채운아, 내 말 똑똑히 들어. 만약 그런 일이 생기면 그때 나는 여기 없을 거야. 아니 그 어디에도.

채운이 눈앞의 바람영어 화면을 물끄러미 바라봤다. 그러곤 스스로에게 진짜로 언어 공부가 하고 싶은지 물었다. 여전히 이곳을 떠나고 싶은지, 간다면 어디로 갈 건지, 그저 소문과 아버지가 없는 땅이면 되는지, 정말 그거면 되는지.

'그동안 내가 이런 식으로 스스로를 속인 적이 얼마나 많았을까?'

재작년 축구 훈련중 채운은 일부러 부상을 유도했다. 그러고 담당의로부터 더이상 운동선수로 살기 어려울 거란 진단을 받은 뒤 남몰래 안도했다. '적어도 내가 그만둔 게 아니니까. 내가 의지가 약해서, 실력이 안 돼서 못하는 게 아니니까.' 하지만 겉으로는 모든 걸 잃은 양 어두운 표정을 짓고 다녔다. 그러면 사람들이 자신에게 좀더 너그럽고 친절하게 대해줬기 때문이었다.

'그러니 다른 사람들 삶에는 또 얼마나 많은 기만이 있을까?'

곧이어 화면 위로 안경 쓴 바람돌이와 더불어 "복습해봅시다"라는 말풍선이 나타났다.

핵심 표현: have to ~해야 한다

이어서 "핵심 표현을 활용해 문장을 만들어봅시다"란 말
풍선이 떴다. 채운은 예문을 잠자코 바라봤다.

나는 그것을 <u>해야 합니다.</u>

당신은 무엇을 <u>해야 하나요?</u>

그녀는 그것을 <u>해야 했나요?</u>

그녀가 그것을 <u>해야 할 것 같나요?</u>

그들은 그것을 <u>해야 할까요?</u>

채운이 자판 위에 가만 손을 얹었다. 그러곤 같은 표현을
여러 시제로 바꿔가며 복수와 단수를 의식해 빈칸을 채워나
갔다. 하지만 도무지 집중이 되지 않았다. 채운은 결국 태블
릿 피시를 <u>끄고</u> 방바닥에 누웠다. 한쪽 <u>뺨으로</u> 모노륨 장판
의 선득함이 전해졌다. 채운은 교도소에 있는 엄마 생각을
했다. 가슴에는 평소 뭉치가 잘 갖고 놀던 둥근 쿠션을 안고
서였다. 채운이 아기처럼 몸을 둥글게 말았다. 뭉치의 고소
한 향이 더 진하게 다가왔다. 그 냄새를 맡자 채운은 눈물이
날 것 같았다. 뭉치마저 떠나자 채운은 비로소 혼자가 된 기
분이었다. 이럴 줄 알았으면 더 잘해줄걸, '안 돼'라거나 '하
지 마' 같은 말도 좀 줄일걸, 후회가 됐다.

'반면에, 그리고, 그래서, 그런데, 한편으로는……'

채운은 앞으로 자기 삶에 이어질 접속사를 생각했다. 하지만 그 어떤 것도 한 사건과 다음 사건 사이에 놓일 말로 적절치 않아 보였다. 방문 틈으로 문득 어떤 소리가 희미하게 들려왔다. 이모가 거실에서 식재료를 다듬을 때 틀어놓는 라디오방송이었다. 채운이 그 소리에 귀기울이며 잠시 눈을 감았다.

─노래 한 곡 듣고 문제 나가겠습니다. 몇 해 전 세상을 떠난 가수죠? 그는 평생 이 노래를 불렀는데 '질린 적이 없었다'고 하네요. 앤디 윌리엄스가 부릅니다. 〈문 리버Moon River〉.

채운이 잠시 그 노래를 듣다 후드 티 주머니에서 엄마에게 받은 편지를 꺼냈다. 그러곤 그걸 처음부터 다시 읽기 시작했다. 오늘 하루만도 몇 번이나 반복한 일이었다.

18

채운아, 어제 너는 여기 왔지. 지도에도 잘 안 뜨는 곳에 기댈 만한 어른 하나 없이 너 혼자 왔지. 네 또래 아이들은 잘 모르고, 또 몰라야 하는 장소로. 환기가 잘 안 돼 뭐라 설명하기 어려운 냄새가 고인 곳으로, 나를 만나러.

접견 시간 전 늘 할말을 연습하는데 막상 네 얼굴을 보면 쓸데없는 얘기만 늘어놓게 돼. 어제도 접견 종료 뒤 뭔가 답을 얻지 못한 얼굴로 자리에서 일어서던 네 모습을 기억해. 사실 이곳에는 무언가 찾으러 왔다 그런 얼굴로 떠나는 이들이 많지. 내게도 그런 사람이 네가 처음은 아니었고. 그래서 오늘 네게 따로 전화나 면회를 부탁하는 대신 편지를 써. 다 쓰고 결국 부치지 못할지라도. 네 아빠가 세상을 떠났다 하니 나도 네게 진실을 말해줘야 할 것 같아서. 설사 이 편지 때문에 앞으로 네가 나를 다신 찾아오지 않는다 해도.

직장 상사 소개로 처음 네 아빠를 만났어. 사무실 근처 카페에서 인사를 나눴는데 첫인상이 꽤 차가워 보이더라. 별말 않고도 자신에게 이목을 집중시키는 사람 같았고 본인도 그걸 잘 아는 듯했어. 그러다 어느 순간 그 사람이 살짝 웃었는데 얼굴 전체가 부드럽게 풀리면서 뜻밖의 표정이 드러나더라. 아마 나는 그 찰나의 이완에 마음을 빼앗겼던 것 같아. 하루 한 번 잠깐 열리는 어떤 성의 내부를 훔쳐본 기분이었거든. 그러다 결국 그 안에 들어가고 싶어졌고. 짧은 연애 기간을 거쳐 우리는 가족이 됐지. 그러곤 평범한 일상을 꾸려나갔어, 얼마간은.

변화는 아주 사소한 것에서 시작됐어. 세상 작고 흔한 그 이쑤시개부터. 반투명한 녹색 플라스틱 제품이었는데 네 아빠는 나무 소재보다 그걸 더 선호했어. 나이들고 이에 자꾸 뭐가 낀다며 수시로 이를 쑤셨고. 그러다 언제부터인가 다

쓴 이쑤시개를 아무데나 버리기 시작했어. 식탁 위며 책장, 침대 프레임, 소파 팔걸이 등 대중없었지. 중요한 건 그게 어디든 휴지통은 아니었다는 거야. 휴지통이 아주 가까이 있을 때조차 그랬지. 그러다보니 어느새 집에 버려지는 이 쑤시개가 점점 늘어났어. 마치 나쁜 기운을 내뿜는 생명체인 양 푸르스름한 빛을 발하며 집안 곳곳에 방치돼 있었지. 그런데 하루는 정신을 차리고 보니 그걸 내가 줍고 있더라. 그 녹색 조각들을 이삭 줍듯 허리 숙여가며 매일 치우고 있더라고. 처음에는 나도 못 본 척하려 했어. 그런데 잘 안 됐고, 네 아빠에게 몇 번을 잔소리하고 부탁해도 소용없었지. 그러다 나중에는 그 녹색 비스무리한 것만 봐도 미칠 것 같았지. 그 사람, 왠지 일부러 그러는 것 같았거든. 나더러 주우라고, 허리 숙여 치우라고.

물론 그것 말고도 안 좋은 징조는 많았어. 하지만 그 밤, 그 사람이 너와 내게 한 짓에 비하면 아무것도 아니지. 너도 알다시피 네 아빠 커피 사업이 망하고, 엄마가 쇼핑몰을 운영하고부터 그 사람은 더 고압적으로 변했어. 말이 좋아 전업 투자지, 하는 일이라곤 종일 주식 창 앞에 있다 우리에게 화풀이하는 게 전부였으니까. 그런데도 나는 뭔가 감수하는 게 가정을 지키는 일이라 착각했어. 네 아빠는 어려운 시기를 보내고 있었으니까. 인생에 좋은 일이 있을 때만 곁에 있는 이들을 우리는 아첨꾼이라 부르지 가족이나 친구라고는 안 하잖아? 희생과 인내가 꼭 사랑을 뜻하는 건 아닌데, 그때 나는 이해라는 이름으로 내 안의 두려움을 못 본 척했던 것 같아. 진실을 감당하는 데는 언제나 큰 용기가 필요하니까.

한번은 그 사람이 외출했다 들어와 또 예전 동료 욕을 했어. 참다못한 내가 '사람 비위 약한 거, 젊었을 때야 그렇다 쳐도 나이 먹고도 그러는 건 순수한 게 아니라 편협한 거다' 한마디했지. 그랬더니 바로 손이 올라가더라. 나는 생전 처음 겪는 상황에 큰 충격을 받았어. 그 사람도 나만큼 놀란 눈치였고. 곧바로 얼마나 쩔쩔매며 변명하는지, 사과받는 내가 다 미안할 지경이었지. 그때 그만뒀어야 했는데. 정말 이지 그때 끝냈어야 했는데. 어쩌다 여기까지 왔는지 모르겠어. 그 사람과 헤어질 기회가 항상 있었다는 걸 하루에도 몇 번이나 생각해.

나중에 안 사실이지만 사실 네 아빠, 우리뿐 아니라 자기 자신도 오랫동안 해치고 싶어했어. 요의나 울음 같은 충동이 자주 치밀어오른다 했지. 그리고 그런 욕구가 들면 몸에서 예고편이 상영되듯 어떤 기미가 인다고 했어. 제일 먼저 반응하는 건 목. 안개가 피어오르듯 목안이 매캐해지면서 편도가 붓고 피가 천천히 도는 느낌이 든다는 거야. 나는 그게 무슨 말인지 바로 알아챌 수 있었지. 기도에서 시작해 몸 전체가 탁해지는 기분. 나는 그걸 우리집 현관 앞에 설 때마다 느꼈으니까. 그러다 그 사람이 저녁 술을 먹기 시작하더라. 처음에는 반주로 소주 딱 두 잔씩만 마셨어. 네 아빠 말로는 '외로워서도 허무해서도 아니'라고 했지. 그저 '잠이 오지 않아서'라고. 그러다 점점 횟수가 늘더니 그 일이 있기 삼 개월 전부터는 마치 모닝커피 마시듯 술을 먹기 시작했어. 꼿꼿한 자세로 사무용 고급 의자에 앉아 '술방'을 틀어놓고 말이지. 1.5리터짜리 싸구려 담금 소주를 고가의 크리스털 잔에 따라 마셨지. 그 의자 너도 기억나지? 가족을 위한 삼 인용이 아닌 혼자 눕거나 앉을 수 있는 일인용 소파. 하나에 천만원도 넘는 걸 네 아빠는 끝까지 팔지 않고 이삿짐 트럭에 실어왔지. 당연히 그건 그 사람 컴퓨터와 함께 거실 한가운데를 차지했고.

그뒤 우리 쇼핑몰이 잘될수록 그 사람 행동은 점점 거칠어졌어. 무시와 빈정거림, 질투가 따라왔고. 그러다 나중에는 남자관계까지 의심하더라. '네 눈동자 안에는 늘 작은 횃불 같은 욕망이 타오른다'고, '나는 다 알 수 있다'고 했지. 그러곤 평소 말끝마다 덧붙이던 말을 자랑스레 반복했어. "아, 미안. 내가 거짓말을 잘 못해서." 네게 이런 이야기까지 털어놓다니 부끄럽구나. 하지만 너도 곧 어른이지. 내 나이가 되면 어떤 건 이해하게 될 테고. 서두가 긴데 아무튼 그런 얘기야. 가까웠던 관계가 손상된 이야기. 발에 차이는 돌처럼 무개성하고, 쓰레기처럼 흔한 이야기. 젊은 시절 한때 마음을 흠뻑 줬던 사람을 떠나는 이야기. 혹은 떠나보내는 이야기. 피 묻은 이야기. 다만 이 이야기에는 네가 모르는 사실이 하나 있어. 그리고 오늘 그 얘기를 전하려 편지를 써. 네가 모르는 것, 그건 당시 네 아빠의 의심이 잘못된 게 아니었다는 거야. 그때 엄마는 정말 다른 남자를 만나고 있었어.

엄마 거래처 사람이었어. 피팅 모델들 사진 찍어주는…… 정중하고 좋은 사람이었어. 결혼에 한 번 실패했는데 나는 그 실패조차 신뢰가 갔지. 자기 삶에 크게 실망해본 사람이라면 남의 인생도 쉽게 판단하지 않을 테니까. 무엇보다 그 사람은 나를 늘 존중해줬어. 나는 그 사람이 나와 마주앉았을 때 활짝 벌어지던 동공과 꼿꼿이 선 척추가 좋았어. 그 반듯한 태가. 왜 우리가 성당에 들어가거나 콘서트홀에서 교향곡을 들을 때 자세를 바로 하게 되잖아? 그 사람은 마치 자기가 그런 데 들어오기라도 한 양 나를 대했어. 그즈음 나는 집에서 늘 긴장했는데 그 사람 앞에서는 그럴 필요가 없었어. 어느 땐 옆에 있으면 한없이 잠이 쏟아졌지. 며칠이고 함께 긴 잠을 자고 싶을 만큼.

그래, 이건 나의 잘못이야. 변명의 여지가 없어. 하지만 그 무엇과도 상관없이 네 아빠는 그러면 안 되는 거였어. 우리가 처음으로 그 사람에게 맞섰던 밤뿐만 아니라 숱한 다른 날에도. 네 아빠는 결국 우리를 찌르려다 자기가 찔린 거야. 그 사실을 잊으면 안 돼.

전에는 그 사람이 우리 눈앞에서 사라져버렸으면 좋겠다고 자주 상상했어. 그렇지만 정말 그걸 원했는지는 잘 모르겠어. 나는 그 사람을 해한 게 아니라 우리를 지킨 거라 오랫동안 믿어왔거든. 하지만 그 일 때문에 네가 앞으로 얼마나 무거운 짐을 지고 살아갈지 생각하면 가슴이 아파. 그런데도 나는 법원에서 '그때로 돌아간다 해도 아마 똑같이 할 거'라 했지. 어쩌면 내게 '당신이 혼자가 될 때까지 기다리겠다' 약속한 그 사람이 그런 용기를 주었던 걸까? 그 밤, 과연 어떤 마음과 마음이 만나 그런 일이 벌어졌던 걸까? 그때나는 모든 걸 이해하고 움직였다기보다 그냥 알고 있었던 것 같아. 내가 '그래야 한다'는 걸.

우리가 온 동네의 구경거리가 되기 며칠 전, 그 사람에게 남편과 곧 헤어질 거라 했어. 그 사람은 당연히 기다리겠다 했고. 그런데 내가 수감되고 결국 나를 떠났어. 예상 못했던 건 아닌데 막상 그런 일이 닥치니까 견디기 어렵더라. 네가 접견실에서 내 손목에 붙은 밴드를 보고 놀란 적 있지? 나는 취사실에서 다친 거라 둘러댔고. 사실 그건 그 사람이 내게 이별을 고한 날 생긴 상처였어. 네게 이런 모습을 보여 정말 미안하구나.

어제 강당에서 상담 교육을 받는데, 여기 봉사활동을 온 정신의학과 선생님이 그런 말을 하더라. '가족과 꼭 잘 지내지 않아도 된다'고. 그 말을 듣는데 이상하게 눈물이 날 것 같았어. 그런 말을 해주는 사람은 처음이었거든. 채운아, 한

때 나는 우리가 잠시 다른 곳에 있는 것뿐이라고, 그러니 나중에 그 장소만 바꾸면 된다 생각했어. 너와 다시 시작할 미래를 그려보기도 했지. 하지만 내 생각이 틀렸던 것 같아. 네 아빠는 과연 어떤 심정으로 세상을 등졌을까? 눈감기 전 어쩌면 용서라는 말을 떠올렸을까? 그렇다면 그 사람은 과연 용서하는 쪽을 원했을까? 용서받고 싶었을까? 우리에게는 둘 다 쉬운 일이 아니란 걸 알고는 떠났을까? 이제 와 말하지만 채운아, 내게 그 사람의 용서는 필요 없어. 죗값을 받으라고 하면 받을게. 그렇지만 용서를 구하지는 않을래. 그러니 너도 나와 나눈 비밀을 지켜줬으면 해. 어지러운 경광등 불빛과 구경꾼들의 시선 안에서 엄마가 마지막으로 너를 안고 했던 말을. 어제도 말했지만 그게 내 유일한 부탁이야. 꼭 지켜주었으면 해.

너는 갑자기 내가 왜 이런 말을 털어놓는지 궁금하겠지.

이제, 없으니까.

내 앞에서 언제나 허리를 꼿꼿이 세운 채 파고들 듯 나를 바라보던 사람이 이제 없으니까. 채운아, 나는 내가 한 선택들 때문에, 어느 순간 내가 품은 마음들 때문에 여기 있는 거야. 너 때문이 아니라. 그걸 알려주기 위해 이 글을 써.

내가 이 편지를 부칠 수 있을까? 나는 이걸 부치고 싶을까? 모르겠어. 다만 한 가지는 분명히 말할 수 있어. 이제 누구의 자식도 되지 마, 채운아. 그게 설사 너와 같은 지옥에 있던 상대라 해도. 가족과 꼭 잘 지내지 않아도 돼.

문득 네 어릴 때 생각이 난다. 네가 막 걷기 시작했을 무렵 뽕뽕 소리 나는 샌들을 신고 아장아장 동네 골목으로 들어가던 모습이. 그럴 때면 나는 뿌듯한 감정이 들면서도 왠지 네가 그대로 영영 사라져버릴 것만 같아 가슴이 저렸지. 부모들은 한 번쯤 다 겪는 감정이고.

그런데 이제 나는 네가 골목 안으로 들어가 다시 나타나지 않는다 해도 울지 않을 수 있을 것 같아. 눈앞에 출구가 보이지 않을 때 온 힘을 다해 다른 선택지를 찾는 건 도망이 아니라 기도니까. 너는 너의 삶을 살아, 채운아. 나도 그럴게. 그게 지금 내 간절한 소망이야. 이건 희생이 아니란다, 채운아. 한 번은 네가, 또 한번은 내가 서로를 번갈아 구해준 것뿐이야. 그 사실을 잊지 말렴.

미안하다.

19

 멀리 헐벗은 2월의 겨울 들판 위로 드문드문 공장이 보였다. 용도를 추측할 수 없는 긴 축사 모양의 공장들이었다. 연이어 차창 밖으로 비닐하우스 화원과 오리고기 전문점, 건축 폐기물 처리장 등이 빠르게 지나갔다. 집에서 출발할 때부터 소리는 계속 용식을 생각했다. 용식을 작은 상자에 담아 냉동실 깊숙한 곳에 넣어두었는데, 그 어두운 데서 눈알에 성에가 낀 채 얼어가고 있을 용식을 떠올리니 괴롭고 미안한 마음이 들었다. 자동차 뒷좌석에 앉은 소리가 차창에 비스듬히 머리를 기대며 하늘을 봤다. 흐린 겨울하늘 위로 희끄무레한 낮달이 보였다.

—아빠.

—왜?

—······아무것도 아니야.

호민이 운전대를 쥔 채 백미러를 흘끔댔다. 소리가 차창에
머리를 기댄 채 엄마를 떠올렸다. 하늘에 뜬 흰 달을 보니
생전에 엄마가 자주 흥얼거리던 노래가 기억나서였다. 엄마
는 욕실에서 혼자 씻거나 집안일을 할 때 종종 〈문 리버〉를
부르곤 했다. 그러곤 세상 많은 〈문 리버〉 중 최고는 오드리
헵번이 부른 곡이라 얘기했다. 영화 속 '홀리'가 노래하는
장면을 보려 〈티파니에서 아침을〉을 몇 번이나 돌려봤다면
서. 그러다 나중에는 영화 속 배우보다 반박자 앞서 대사를
읊었다.

—홀리, 당신을 사랑해요.

—그래서요?

—그래서라니. 그건 엄청난 거예요.

당시 유치원생이었던 소리는 '문 리버'가 무슨 뜻인지 몰
랐다. 그래서 어느 저녁 엄마에게 그 의미를 물었다. 미정은
발코니에서 빨래를 걸으며 소리에게 '달빛이 흐르는 강'이
라 답해줬다.

―그럼 엄마도 거기 가봤어?

어린 딸의 예상치 못한 반응에 미정이 웃음을 터뜨렸다.

―아니.

그러곤 뭔가 고민하는 표정을 짓다 진지하게 답했다.

―하지만 실제로 가본 사람들은 있지.

미정이 한 손으로 소리의 까맣고 반질거리는 정수리를 쓰다듬었다.

―그러니 네가 어른이 된 미래에는 더 놀라운 일이 일어날 거야.

소리는 잠자코 있다 입을 열었다.

―엄마.

―응?

―나 그거 가져도 돼?

―뭐?

―미래라는 말.

아직 구정 전주라 그런지 한낮의 공원묘지는 고요하다못해 권태로운 분위기를 풍겼다. 두 사람은 복잡한 연휴를 피해 늘 설날 한 주 전에 미정에게 가곤 했다. 소리가 빈 페트병을 담은 긴 천 가방을 들고 호민과 주차장 쪽 수돗가로 향했다. 두 사람은 페트병에 물을 가득 담아 하나씩 나눠 든 뒤 야트막한 언덕을 올랐다. 길 양쪽으로 수백 개의 봉분이 보였다. 겨울 냉기 탓에 걸음을 옮길 때마다 두 사람의 입에서 뿌연 입김이 나왔다.

　잠시 후 두 사람은 미정의 무덤 앞에 도착했다. 호민이 천가방에서 목장갑을 꺼내 한 켤레는 소리에게 주고 남은 한 켤레는 자기 손에 끼었다. 호민이 무덤에 페트병의 물을 골고루 뿌리자 봉분 겉면의 메마른 흙이 순식간에 물을 빨아들였다. 마치 고인이 다급히 해갈이라도 하는 것 같았다. 두 사람은 무덤 주변의 쓰레기를 줍고 잡초를 뽑은 뒤 물휴지로 묘석을 닦았다. 그러곤 묘석 앞에 서서 동시에 묵례했다. 시작은 함께이되 각자의 속도대로 원하는 만큼 고인과 대화하는 게 암묵적인 약속이었다. 한겨울인데도 어디선가 희미한 새소리와 풀벌레 소리가 들려왔다. 저멀리 공용 스피커에서는 단조롭고 아득한 불경 소리가 났다. 이윽고 먼저 눈을 뜬 호민이 소리에게 물었다.

　―갈까?

　소리가 뜻밖에 단호한 목소리로 대꾸했다.

　―먼저 가, 아빠. 나는 조금 더 있다 갈게.

소리는 아빠가 애써 궁금증을 감추며 자리를 피해주는 모습을 지켜봤다. 그러곤 아빠가 저기 언덕 아래로 내려간 것을 확인한 뒤 다시 묘석 앞에 섰다. 삼 년 전 발인 날 이곳에 와본 이래 엄마와 이렇게 단둘이 있어보기는 처음이었다. 소리는 한동안 무슨 말을 해야 할지 몰라 자리에 그대로 서 있었다. 공원묘지의 정적이 새삼 거대하게 다가왔다. 아스라한 새소리가 주위의 고요함을 더 부각시켰다.

—엄마.

참으로 오랜만에 불러보는 이름이었다. 소리는 자기도 모르게 조금 목이 메는 걸 느꼈다.

—잘 지냈어?

—……

—응. 난 잘 지내. 엄마도 별일 없지?

—……

—그럼, 아빠도 잘 지내.

소리가 실제로 미정과 대화하듯 얼굴에 옅은 미소를 띠었다.

—그런데 왜 여기 남았냐고?

—……

─엄마한테 할말이 있어서.

─……

─응. 별말 아니야. 걱정 마.

─……

─나, 며칠 전에 친구 아버지가 돌아가셔서 장례식장에 다녀왔어. 응, 오채운. 전에 한번 얘기했었지? 응. 엄마 기일에. 나는 엄마 사진 보면서 지나가듯 한 말인데 엄마는 다 기억하네? 맞아. 전에도 엄마는 내 이야기 듣는 걸 좋아했지? 특히 병실에 있을 때는 더.

─……

─아니, 장례식 때 무슨 일이 있었던 건 아니고. 그냥 거기 갔다 엄마 생각이 났어. 나도 한번 겪은 일이니까. 직접 연락을 받은 것도 아니고 친한 사이도 아닌데 가보고 싶더라고. 그래서 그날 미술 학원 끝나고 아빠 몰래 조용히 다녀왔어. 그애는 좀 놀란 눈치였고. 영정을 향해 절하고 그애랑 다시 맞절을 하는데 이상한 기분이 들더라? 그런데 그런 내 마음을 아는지 그애가 먼저 내 손을 잡았어. 오랫동안 타인과의 접촉을 피하려 애썼는데 이상하게 그 순간만큼은 손을 뿌리칠 수 없었어. 그러고 싶지 않았고. 그애는 상주답게 내게 정중한 인사를 건넸어. 그러곤 정말 어른 같은 얼굴로

188

"와줘서 고마워"라고 했고. 그애에게 미안하다고 해야 하나, 고민하다 해버렸는데 적절치 않은 사과였던 것 같아. 그렇잖아. 그 자리에서 내가 "너희 아버지 죽음을 못 맞혀서 미안해"라고 하는 건 경우에 맞는 말이 아니잖아. 어? 그게 무슨 말이냐고? 그냥 그런 일이 있었어, 엄마. 내가 뭘 봤는데 못 본 척하고 그애한테 거짓말을 한 일이…… 실제로는 그날 그애 아버지 손을 잡았을 때 눈앞이 뿌옇게 흐려졌었거든. 그런데 막상 그애 얼굴을 보니까 그 얘기를 할 수 없었어. 나를 보는 그애 눈이 너무 슬퍼 보여서. 문상하고 식장 밖을 나서는데 오랜만에 병원 냄새를 맡아 그런지 엄마 생각이 나더라? 내가 엄마 돌보면서 자주 짜증냈던 일이. 왜 하루는 엄마 식사 돕다가 내가 버럭 소리지르고 나서 병실을 뛰쳐나간 적 있었잖아? 별거 아닌데 그날따라 엄마의 날선 말과 핀잔이 많이 서운하더라고. 애들이랑 어디 놀러도 못 가고 맨날 병원에만 있으니 숨이 막혔고. 하지만 그러고 십 분도 되지 않아서 나는 엄마에게 돌아갔지. 엄마를 굶길 순 없으니까. 끼니를 챙겨야 약도 먹일 수 있으니까. 얼룩진 얼굴을 정돈하고 병실로 돌아갔는데 엄마가 내가 운 걸 아는 것 같더라. 그래도 아무렇지 않은 척 손에 콧줄을 드는데 그때 엄마 표정이 잊히지 않아. 내 손길을 전적으로 받아들이는 것도 거절하는 것도 아닌 텅 빈 얼굴이었어. 이전만큼 스스로를 좋아하지 않게 된 얼굴. 얼핏 보면 삶을 다 이해한 것 같고 또 다르게 보면 이해를 멈춘 얼굴 같았어.

—……

—엄마가 그런 표정 짓게 해서 미안해.

—……

—그리고 이 말을 하기까지 너무 긴 시간이 필요했는데…… 나 오늘 엄마에게 정말 하고픈 말이 있어.

막상 운을 띄워놓고도 소리는 한동안 말을 잇지 못했다.

—엄마 아프고 나서부터 내가 매일 엄마 손을 잡고 하루를 시작했던 것 기억해? 엄마는 얘가 왜 이러나 하면서도 그 순간을 좋아했지. 내가 응석을 부리거나 기도하는 줄 알았을 테니까. 그런데 실은 다른 사정이 있었어. 지금 다 밝힐 순 없지만 그때 나, 내 눈에 엄마가 선명하게 보여야만 그날 하루를 안도하면서 시작할 수 있었거든. 다음날도 또 다음날도. 그래서 매일 아침 내 눈에 엄마가 또렷하게 보이길 기도했어.

소리의 목소리가 어느새 파르르 떨렸다.

—그런데 엄마, 나 엄마가 흐릿하게 보이기를 원한 적이 있었어.

―……

―어느 날 엄마 병실을 향해 무거운 걸음을 옮기다 오늘은 엄마가 뿌옇게 보였으면 좋겠다고 바란 적이 있었어.

―……

―끔찍하지?

―……

―하지만 그건 정말 한두 번뿐이었어. 우리가 함께한 그 긴 시간 동안 정말 손에 꼽을 만큼 적었어. 그즈음 내가 많이 지쳤었나봐.

소리의 코트 주머니에서 휴대전화 진동음이 울렸다. 아빠가 문자를 보낸 거였다. 소리는 답장하지 않고 엄마를 향해 이어서 말했다.

―그렇다 해도, 아무리 그래도, 그러면 안 되는 거였는데. 잠시나마 그런 마음을 품어서 미안해. 하지만 정말 나쁜 일이 일어나길 바랐던 건 아니야.

―……

소리는 숨을 가누며 멀리 하늘을 봤다. 거대한 구름이 천천히 해를 가리며 지나갔다. 동시에 거대한 그림자가 지상에 드리워졌다. 그 순간 소리는 엄마가 속삭이는 말을 들은 것만 같았다. '괜찮다'고, '그럴 수 있다'고, '누군가를 잡은 손과 놓친 손이 같을 수 있다'고. 소리의 두 눈에 어느새 물기가 어렸다.

'정말…… 그래?'

소리는 스웨터 소매끝으로 황급히 눈물을 닦았다. 나일론 소재의 털옷이 수분을 바로 흡수하지 못해 거친 털 끝에 작은 이슬이 맺혔다. 이럴 땐 고맙다고 해야 하는지 미안하다고 해야 하는지 알 수 없어 소리는 그저 콧물만 훌쩍였다. 하늘의 큰 구름이 멀리 흘러가 땅 위에 다시 볕이 쏟아졌다. 소리는 집에 있는 용식을 생각했다. 그러곤 더이상 지우의 연락을 피하지 말고 용기 내 사실대로 얘기해야겠다고 결심했다. 지우가 자신에게 실망하고 화내더라도 사과를 해야겠다고. 냉동실의 용식을 꺼내 지우에게 잘 돌려줘야겠다고.

멀리 주차장 쪽에서 아빠가 올라오는 모습이 보였다. 소리가 문자에 답도 않고 전화도 받지 않자 직접 찾아온 거였다. 아빠가 오기 전 소리는 서둘러 얼굴을 정돈했다.

─인사 잘 했어?

호민의 말에 소리가 별일 없는 척 고개를 끄덕였다. 호민이 딸의 얼굴을 빤히 바라보다 고개를 돌려 아내의 무덤을 응시했다. 여름이면 수박 끝을 자신에게 겨누며 장난을 걸

192

고, 가게 일이 힘든 와중에도 자신을 자주 웃겨주던 아내였
다. 그러다 종내에는 자신만의 매력과 미덕을 잃고 오직 '덜
아픈 상태'만을 바라며 가족을 괴롭히고 지치게 했던 여자.

—소리야.

호민이 새삼 목소리를 낮췄다.

—응?

—무슨 고민 있어?

—아니.

호민이 너그럽고 따뜻한 미소를 지었다.

—다행이네.

차가운 겨울바람이 두 사람의 볼을 스치고 지나갔다. 호
민은 무덤에서 시선을 떼지 않은 채 말했다.

—있지, 엄마가……

—……

—엄마가 한창 아플 때 말이야.

—응.

—한 번이기는 한데.

—……

호민이 주저하다 입을 열었다.

—……조력사를 원한 적이 있었어.

—……

순간 소리는 큰 충격을 받았다. 지금까지 한 번도 엄마가 그런 걸 원했으리라고는 생각해본 적이 없어서였다. 정말이지 단 한 번도 그런 적은 없었다.

—네 엄마가 여덟번째 항암 받고 무척 지쳐 있었을 때였어. 우리도 같이 높은 산을 넘을 때였고.

소리는 누군가로부터 뺨을 맞은 기분이었다.

'그런데도 나는 왜 그토록 엄마가 열렬히 삶을 원한다고 단정했을까? 어째서 삶이 누구나 먹고 싶어하는 탐스러운 과일이라도 되는 양 굴었을까? 내가 원했으니까? 매일 아침 엄마가 또렷이 보이길 누구보다 바랐으니까?'

호민이 자신의 거친 두 손을 내려다보며 말했다.

—전부터 엄마는 때가 되면 자기 삶을 스스로 결정하고 싶다 했어. 그런 암시가 담긴 말을 내게 자주 던졌었고.

소리는 속으로 아빠의 말을 부정했다.

'엄마도 그냥 해본 말이지 않았을까? 몸이 아파 얼결에 튀어나온 말이 아니었을까?'

호민이 쓸쓸한 미소를 지었다.

—그때 나는 네 엄마의 눈동자에 담긴 진심을 봤어. 하지만 결코 그 부탁을 들어줄 수가 없었어. 네 엄마가 얼마나

힘든지 알면서도. 말로는 네 엄마를 위해서라고 했지만 실은 나를 위해서였어.

소리는 침묵했다.

—하지만 너도 알다시피 네 엄마는 다른 이유로 세상을 떠났지. 그리고 거기에 네 잘못은 없어.

소리가 혼란스러운 얼굴로 물었다.

—그런데 그 얘기를 지금 왜 하는 건데?

호민이 뜻 모를 미소를 지었다.

—네게 필요할 것 같아서.

—……

—이걸 네가 알아야 할 것 같다고, 네 엄마가 내게 말하는 것 같아서.

호민이 깊은 숨을 내쉰 뒤 고개 돌려 소리를 봤다.

—이제 정말 갈까?

떠나기 전 소리가 한 손으로 미정의 묘석을 가만 쓰다듬었다. 그 순간 소리의 눈앞이 뿌옇게 흐려졌다. 엄마의 손을 잡은 이래 처음 있는 일이었다. 햇볕을 받은 대리석에 미지근한 온기가 감돌았다. 정오의 햇빛이 공원묘지 안 수백 개의 봉분 위에서 차분하게 빛났다. 먼 데서 온 그 빛은 사방의 묘석뿐 아니라 소리의 머리통도 따뜻이 데웠다. 아직 자라는 중인, 여전히 자랄 것이 남은 한 여자아이의 정수리를. 그 빛은 마치 옛 화가들이 누군가의 눈동자에 빛을 새겨넣을 때 붓 끝에 묻힌 아주 적은 양의 흰 물감 같았다. 소량이지만 누군가의 영혼을 표현하는 데 꼭 필요한. 하지만 소리는 이 순간 그저 겨울 볕이 좀 유별나게 강하다 여길 뿐 먼 곳으로부터 자신이 어떤 지지를 받고 있는지 깨닫지 못했다. 자신의 손끝에서 마치 봉숭아물이 빠지듯, 초겨울 단풍색이 옅어지듯 어떤 능력이 서서히 빠져나가고 있다는 것도. 소리가 미정의 무덤을 보며 속으로 나지막이 중얼거렸다.

'엄마.'

미정의 무덤은 여느 때처럼 담담하고 고요했다.

'거기는 평안해?'

미정은 아무 대답이 없었다. 소리가 웃는 듯 우는 듯 알 수 없는 표정으로 입을 열어 마지막 말을 건넸다.

—또 올게. 잘 있어, 엄마.

—……

—안녕.

곁에 선 호민이 소리의 손을 꼭 잡았다.

20

휴일 저녁, 지우는 숙소 거실에 누워 태블릿 피시를 켰다. 그러곤 전자 펜을 쥔 채 그림 앱을 열어 〈내가 본 것〉 마지막 화의 몇몇 부분을 손봤다. 펜 끝으로 면을 배분하고, 필압을 조절해 선을 쌓고, 지우기 기능을 이용해 인물들 얼굴에 음영을 줬다. 몇 번이나 엎었다 다시 그리고 또 지운 뒤 완성한 장면이었다. 지우는 마지막으로 경찰차 앞에 선 태오와 태오의 엄마를 바라보는 이준의 눈동자를 조금 수정했다. 그러면서 고1 여름방학 때 자신이 겪은 일을 떠올렸다. 그밤, 처음으로 아버지가 일하는 미술 학원에 찾아갔던 일을. 지금까지 여러 번 그리고 또 지운 장면을.

그날 지우는 엄마가 일하는 돼지갈빗집에 갔다가 우연히 식당 사장이 엄마를 흉보는 소리를 들었다. 식당으로 이어지는 골목 초입에서였다. 엄마는 건물 뒤쪽에 있는 야외 설거지장에서 땀을 뻘뻘 흘려가며 그릇을 닦고 있었다. 지우가 엄마에게 다가서는 순간 사장이 마치 엄마 들으라는 듯 다른 직원에게 큰 소리로 말했다. "어휴, 그 많은 걸 다 깨뜨리고. 저 아줌마 어쩌면 저렇게 알바생들보다 더 일머리가 없는지 몰라." 엄마는 설거지를 하다 말고 잠시 이마에 손을 갖다댔다. 그러곤 손등으로 이마를 두어 번 지그시 눌렀다. 지우는 그 광경을 지켜보다 어두운 얼굴로 골목을 빠져나왔다. 그러곤 정처 없이 거리를 걷다 어느새 자신이 친부의 일터인 미술 학원 앞에 당도했음을 깨달았다. 지우는 자신도 왜 그러는지 모른 채 학원 맞은편 골목에서 한참을 서성였다. 그러곤 늦은 밤 학원 건물에서 빠져나오는 중년남성을 보고 그가 자신의 친부임을 단번에 알아봤다. 떨어져 지낸 시간이 꽤 긴데, 아버지를 한 번에 알아본 자신이 웃기고도 서글펐다. 지우가 아버지를 알아본 이유는 단순했다. 아버지가 자신과 무척 닮았기 때문이었다. 그 밤 지우는 그의 뒤를 쫓아 어느 다세대주택 앞까지 갔다. 사층짜리 낡은 단독

빌라였다. 지우는 건너편 공원에 숨어 아버지가 그 빌라 안
으로 들어가는 걸 지켜봤다. 잠시 후 삼층 복도에 불이 들어
오더니 아버지가 복도 왼쪽으로 사라졌다. 지우는 공원 벤치
에 앉아 고개 숙인 채 생각에 잠겼다. 그러다 자신의 발밑에
송곳 하나가 떨어져 있는 걸 발견했다. 끝이 꽤 날카로운 조
각용 송곳이었다. 지우는 송곳을 집어들었다. 그러곤 자신
이 그곳에 간 이유를 비로소 깨달았다. 지우는 뭔가 홀린 듯
아버지가 사는 건물 안으로 들어갔다. 그러곤 천천히 삼층
까지 걸어올라간 뒤 몸을 틀었다. 집 앞에 분홍색 유아용 자
전거 한 대가 놓여 있었다. 더불어 현관문 너머로 희미한 웃
음소리 같기도 하고 티브이 소리 같기도 한 기척이 들려왔
다. 지우는 혼란스러운 얼굴로 어두운 빌라 계단에 앉아 있
다 다시 한참을 걸어 자신이 사는 동네로 돌아갔다. 그러곤
어지러운 마음에 집으로 바로 들어가지 않고 빌라 옥상으로
올라갔다. 지우는 거기에 서서 어둠에 잠긴 동네를 가만 내
려다보다 주머니 속 송곳을 움켜쥐었다. 그런데 순간 어디
선가 사이렌소리가 나더니 밖에 나온 사람들로 동네가 어수
선해졌다. 지우가 놀란 눈으로 동네를 살폈다. 빌라 바로 아
래 누군가 들것에 실려 구급차로 옮겨지는 모습이 보였다.
그리고 얼마 뒤 들려오는 한 아이의 외침.

―저기요! 잠깐만요, 잠깐만요!

벌써 일 년이 훨씬 지난 일인데 모든 게 어제 일처럼 생생했다. 지우는 화면 속 태오의 얼굴을 가만 바라봤다. 그러곤 전자 펜으로 지우기 기능을 이용해 태오의 눈가에 어린 물기를 수정했다. 마치 그림 속 인물의 눈물을 닦아주듯 펜 끝으로 눈가의 물기를 지우고 또 채워나갔다. 지우가 이해하기로 지우개는 뭔가를 없앨 뿐 아니라 '있게' 하는 데 중요한 역할을 했다. 특히 대상에 빛을 드리우고 그림자를 입힐 때 꼭 필요했다. 그 대상이 사물이거나 인물, 심지어 신일 때조차 그랬다. 누구든 신의 얼굴을 그리기 위해서는 신의 얼굴을 조금 지워야 했다. '광원', 즉 빛이 출발한 곳을 먼저 파악해 빛이 닿는 곳은 어둡게, 그렇지 않은 데는 밝게 표현하는 게 기본이었다. 얼마 뒤 지우는 〈내가 본 것〉 3화를 그림드림 카페에 올렸다. 그러곤 휴대전화 속 용식의 사진을 매만졌다. 지난주에 소리가 보내준 사진이었다.

―왜 하필 뱀이야?

처음 용식을 집에 들였을 때 엄마는 의아한 듯 물었다. 애써 밝은 목소리로 물었지만 집에 파충류를 들이는 게 마뜩

잖은 눈치였다. 지우는 사육장에서 눈을 떼지 않은 채 담담하게 대답했다.

—뱀은 사람들이 다 싫어하니까.

그뒤로도 지우는 비슷한 얘기를 자주 들었다. '도마뱀은 뱀이 아니'라고 몇 번을 말해도 소용없었다. 사람들은 '이름에 뱀 자가 이미 들어가지 않느냐' '네발 달린 뱀이 도마뱀이다'라는 식으로 억지를 부렸다. 도마뱀과 뱀은 정말 다른데. 사람들이 그렇게까지 자기주장을 굽히지 않으며 하려는 말이 뭔지 알 수 없었다. 아마 '그렇게 징그러운 걸 집에서 왜 키우느냐'는 거겠지.

오래전 파충류 가게 사장님으로부터 용식을 건네받으며 지우는 '레드 아이 아머드 스킨크는 비밀스러운 종'이라는 얘기를 들었다. 그 이야기를 듣자마자 지우는 용식이 마음에 들었다. 그러니까 비밀이 많다는 게. 지우가 볼 때 용식의 멋진 점 중 또하나는 탈피였다. 지우는 여전히 자신인 채, 그러나 허물을 벗으며 보다 선명해지는 방식으로 성장하는 용식이 대견했다. 지우 자신은 교실에서 별 존재감 없이 지내 더 그랬다. 중학교 1학년 때는 반에서 투명 인간 취급을 받기도 했다. 지우는 아무리 열심히 움직여도 자신에게 절대 공이 오지 않는 체육 시간을 조용히 견뎠고, 급식도 따로 먹고 이동 수업 때도 혼자 다녔다. 거기 대단한 폭력은 없었다. 하지만 그게 곧 거대한 폭력이기도 했다. 반 친구들은 지우가 눈에 보이지 않는 척하는 동시에 그런 상황에 놓인 지우를 구경했다. 그리고 그걸 주도하는 애들이 있었다. 그때의 경험은 지우에게 깊은 상처를 남겼다. 친구들이 자신을 없는 사람 취급하는 게 결국에는 '네가 여기 없었으면 좋겠다'는 말로, '없어져버리라'는 뜻으로 다가왔기 때문이었다. 일 년 뒤 반이 바뀌면서 그 유치하고 가혹한 놀이는 끝났지만, 지우는 상황에 따라 자신이 언제든 지워질 수 있는 존재임을 잊지 않았다. 앞으로 군대에서도 또 직장에서도 충분히 겪을 수 있는 일이었다. 세상에서 사람들이 권력놀이만큼 좋아하는 것도 없으니까.

지우가 따돌림당하던 당시 용식은 만화나 신화 속 멋진 용들과 달리 지우를 구해주지 못했다. 하지만 지우는 '때로 가장 좋은 구원은 상대가 모르게 상대를 구하는 것'임을 천천히 배워나갔다. 실제로 그 시절 지우는 용식 덕분에 그나마 한 시절을 가까스로 건널 수 있었다. 용식이 없었다면 버티지 못했을 시간이었다. 극적인 탈출이 아닌 아주 잘고 꾸

준하게 일어난 구원. 상대가 나를 살린 줄도 모른 채 살아낸 날들. 용식을 볼 때면 그런 말들이 떠올랐다. 동시에 지우는 다짐했다. 앞으로 용식에게 위험하거나 어려운 일이 생기면 자신이 반드시 구해줄 거라고.

─김소리, 잘 지내?

지우가 요 위에 엎드린 채 소리에게 문자를 보냈다.

─별일 없지?

하루에도 몇 번씩 용식의 안부와 사진을 전해주던 소리가 요 며칠 소식이 뜸하더니 이제는 아예 답장이 없었다.

─이거 확인하면 연락 좀.

지우는 소리가 혹 어디 아픈 건 아닌지 걱정됐다. '아니면 집에 무슨 일이 생긴 걸까?' 한편으로는 떨어져 지내는 시간이 길어질수록 용식이 자신을 오해하지 않을까 불안했다. 용식은 사람 말을 모르니까 당연히 유기니 방임이니 하는 개념도 모를 터였다. 하지만 본능적으로 자신이 어느 순간 버려졌다고 느낄 수 있었다. 그게 결코 사실이 아니더라도.

'용식아, 조금만 기다려. 형 금방 갈게.'

순간 휴대전화 진동음이 울려 지우는 바로 문자창을 열었다.

―안지우.

　지우는 반가운 기색을 숨기지 않았다. 숙식 노동 생활도 어느덧 한 달 반이나 지나 조금은 적응이 됐는데도 지우는 부쩍 타지 생활의 외로움과 황량함을 느꼈다. 어느 땐 진구 형이 맞은 것과 똑같은 쇠기둥이 자신에게 떨어져 자신을 박살 내지 않을까 불안해 공사장으로 걸음이 떼어지지 않았다. 그날 진구 형은 응급실로 실려가 다시 돌아오지 않았다. 그리고 얼마 안 돼 숙소에는 박씨 아저씨가 들어왔다. 게으르고 자기중심적이라 팀장님도 별 관심을 주지 않는 사람이었다. 지우는 점점 현장이 두려워졌지만 내색하지 않았다. 대신 용식과 소리 안부에 더 집착했다. 손을 뻗으면 닿을 수 있는 거리에 둘의 온기가 있어서였다. 기쁜 얼굴로 바로 답장하려는 찰나 소리가 어떤 말인가를 계속 썼다 지우는 걸 보고 지우는 잠시 기다리기로 했다.

　―너한테 할말이 있어.

　지우가 호기심과 불안이 섞인 얼굴로 문자창을 응시했다. 그런데 상대가 메시지 작성중임을 알리는 말줄임표가 좀체 사라지지 않았다. 지우는 긴장했다. 무슨 안 좋은 일이 벌어졌을까봐 가슴이 조여왔다. 지우는 태연한 척 문자창에 물음표 두 개를 찍어 보냈다. 그 아래 다시 말줄임표가 떴으나 답장은 한참 동안 오지 않았다. 결국 답답함을 참지 못한 지우가 소리에게 메시지를 보냈다.

—무슨 말?

잠시 후 문자창에 짧은 문장 하나가 떴다.

—용식이가 죽은 것 같아.

세상이 문득 고요해지는 문장이었다.

21

채운은 방안에 누워 휴대전화로 뭉치 사진을 봤다. 뭉치
가 그렇게 된 지 거의 두 달이나 지났지만 하루에도 몇 번씩
하는 일이었다. 사진이나 영상 속에서 넉살 좋게 웃고 애교
를 부리며 장난치는 뭉치를 보고 있으면 이 순간 뭉치가 여
기 없다는 게 믿기지 않았다. 동시에 자꾸 뭉치에게 못해준
것들이 떠올랐다. 이따금 유튜브에서 주인과 함께 즐거운
시간을 보내는 개들을 보면 더 그랬다. 그윽이 눈을 감은 채
해풍을 맞는 강아지나 여러 해외 명소에서 주인과 인증 사
진을 찍는 개들, 세상이 온통 신기해 주위의 모든 걸 냄새
맡고 간섭하는 녀석들을 보면 가슴이 아렸다. 뭉치에게 좀

더 잘해줄걸 하는 후회와 이제 그 시간은 다시 돌아오지 않으리라는 사실에 마음이 어두워졌다.

채운이 멍하니 뭉치 사진을 보다 습관적으로 그림드림 카페에 접속했다. 아버지를 보낸 뒤 이제는 아무 상관 없다 싶었지만, 한편으로는 그애가 만든 이야기의 끝을 꼭 보고 싶었다. 그게 아직 이야기가 끝나지 않아서인지 아니면 다른 무언가를 확인하고 싶어서인지 알 수 없었다. 다만 채운은 뭐든 확실히 해두고 싶었고, 그러려면 이 이야기의 결말을 봐야 했다.

채운이 눈을 크게 뜬 채 자리에 벌떡 일어나 앉았다. 카페에 〈내가 본 것〉 마지막 화가 올라와 있었다. 제목 옆에 '새글' 표시가 보였다. 한동안 감감무소식이었다가 오랜만에 올라온 거였다. 채운의 가슴이 심하게 쿵쾅댔다. 채운은 그 밤 경찰차와 구급차가 떠난 뒤 구경꾼들 사이에 서 있던 자신의 모습을 떠올렸다. 구경꾼들은 여전히 불안해하면서도 호기심어린 눈으로 채운을 관찰하고 있었다. 채운은 몸을 돌려 멍하니 자기 집을 바라봤다. 방금 전까지 부모님과 함께 살던 집, 자신이 아버지를 찌른 집이었다. 그런데 그때 채운 눈에 이상한 게 하나 들어왔다. 맞은편 빌라 위로 어떤 검은 형체가 보였다. 채운은 미간을 찌푸리며 그쪽을 잠시 뚫어져라 바라봤다. 어떤 사람이 빌라 옥상에서 동네를 내려다보고 있었다. 채운은 살짝 소름이 돋았다.

채운은 〈내가 본 것〉 2화를 보고서야 비로소 그애가 지우임을 확신했다. 그리고 이제는 지우가 그날 정말로 본 게 뭔지 확인할 차례였다.

채운은 앉은 자리에서 〈내가 본 것〉 마지막 화를 단숨에 봤다. 그러곤 이야기의 끝에 이르러 자기도 모르게 입술을 깨물었다. 놀랍게도 그애가 그 밤, 어둠 속에 서 있던 자신을 몹시 부러워했다는 사실을 알게 되어서였다. 그리고 그 안에는 자신이 기억하지 못한 하나의 장면이 담겨 있었다. 채운은 오랫동안 억눌러온 어떤 감정이 무너져내리는 걸 느꼈다. 그곳에 뭉치가 있었다.

22

한밤의 S연립주택 단지 앞, 좁은 골목에 경찰차와 구급차
가 서 있다. 그리고 그 주위로 불안한 듯 심란한 표정의 주
민들이 잠옷 차림으로 웅성거리고 있다.

태오가 멍한 얼굴로 막 경찰 손에 끌려나가는 엄마를 본다.

한편 이준은 자기 방에서 외출 준비중이다. 검은색 바람
막이 점퍼에 야구 모자를 깊이 눌러쓰고, 점퍼 안주머니에
조각용 송곳 하나를 숨긴다. 이준은 오늘밤 자신의 친부를
찌를 계획이다. 전부터 여러 차례 혼자 머릿속으로 상상했

지만 최근 엄마를 하늘로 보낸 뒤 더욱 마음이 굳어졌다. 아버지와 헤어지고 오랜 시간 두통을 호소해온 엄마는 뇌에 종양이 생겨 식당 일을 관뒀다. 그러곤 치료 한번 제대로 받아보지 못하고 사고로 세상을 떠났다. 말이 사고이지 빌라 옥상에서 정말 발을 헛디딘 건지 일부러 균형을 잃은 건지 알 수 없다. 그리고 그 '알 수 없다'는 사실이 이준을 미치게 한다. 이준은 엄마의 고질적인 두통이 자신의 친부에게서 비롯됐음을 안다. 언젠가 부부싸움할 때 아버지가 어머니를 밀쳐 머리를 다치게 한 것을 목격해서다. 일곱 살 때 일이지만 이준은 그 장면을 똑똑히 기억하고 있다. 이준은 아버지가 엄마와 이혼 후 삽화 일을 관두고 미대 후배가 운영하는 입시 학원에 강사로 있다는 걸 알게 된다. 생전에 엄마로부터 지나가듯 들은 얘기다. 친부 이름이 특이해 이준은 검색 몇 번만으로 그가 일하는 곳을 알아낼 수 있었다. 그리고 엄마 장례가 끝나기만을 기다리다 비로소 오늘, 마침내 오늘, 그 학원에 찾아가기로 결심한다.

이준이 가슴에 조각용 송곳을 품고 집밖을 나온다. 그런데 동네 골목에 서 있는 구급차와 경찰차가 눈에 들어온다. 주변이 사람들로 붐비고 무척 어수선하다. 이준은 동네 어른들이 수군거리는 소리를 들으며 사태를 파악하려 애쓴다. 그러곤 곧 눈앞에 펼쳐진 광경에 입을 다물지 못한다. 저멀리 한 여성이 텅 빈 눈으로 걸어나온다. 이준이 아는 사람이다. 곧이어 그 뒤를 누군가 허둥지둥 따라 나온다. 이준은 그 친구의 얼굴 또한 바로 알아본다. 그러나 태오는 이준이 자신을 쳐다보고 있는 줄 모른다. 태오의 엄마가 막 경찰차에 오르려는 순간, 태오가 다급하게 외친다.

— 저기요!

태오의 엄마와 경찰이 걸음을 멈춘다.

— 잠깐만요, 잠깐만요!

태오의 목소리가 절박하다. 태오의 엄마가 경찰에게 뭐라 부탁하는 모습이 보인다. 그 광경을 이준이 뚫어져라 쳐다본다. 이윽고 태오의 엄마가 태오에게 천천히 다가간다. 그러곤 티셔츠 앞부분이 온통 피로 물든 채로 아들을 안는다. 태오의 엄마가 아들에게 뭐라 속삭인다. 두 사람은 다른 이들이 영영 모를 어떤 비밀을 나눈다. 그 이야기를 듣는 태오의 얼굴이 고통과 두려움, 슬픔으로 일그러진다. 이준은 점퍼 주머니 속 송곳을 매만지며 그 모습을 멍하니 바라본다. 그러곤 자신이 지금 피투성이 엄마 품에 안긴 태오를 몹시 부러워하고 있음을 깨닫는다. 잠시 후 태오의 엄마와 경찰

차가 사라진 자리, 그곳에 멍하니 선 태오 곁으로 골든리트
리버 한 마리가 다가와 발밑에 멈춰 선다. 미동도 없는 주인
의 얼굴을 올려다보는 커다란 눈동자가 슬픔에 가득차 있
다. 태오의 손을 핥는 골든리트리버. 이준은 그 모습을 말없
이 바라보다 경찰차가 사라진 방향을 향해 천천히 걷기 시
작한다. 이윽고 이준의 손에 들린 송곳이 바닥에 툭 떨어진
다. 경광등 불빛이 아득히 멀어지며 점점 작아진다.

23

지우는 팀장님에게 내일 일을 빼줄 수 없는지 물었다. '아니 실은 앞으로도 남은 일을 못할 것 같다'고, '갑자기 말씀드려 죄송하다'고 했다. '가족이 아파 집에 급하게 가봐야 한다'며. 팀장님은 예의 그 진중한 얼굴로 지우를 빤히 바라보다 "그럼 가봐야지"라고 했다. '말 한마디 없이 사라지는 친구들도 많은데, 가서 가족 잘 챙기라'면서. 처음에는 살짝 의심하는 듯했으나 절박함이 담긴 눈을 보고 지우 말이 진실임을 안 눈치였다. 지우는 가방에 간단한 소지품만 챙겨 넣고 서둘러 숙소를 빠져나왔다. 발코니에 널린 아직 덜 마른 빨래에는 미련조차 두지 않았다. 지우는 숙소에서 멀지 않은 곳의 택시 정류소를 향해 허둥지둥 달려나갔다. 조금 기다렸다 새벽 버스를 타는 방법도 있었으나 요금이 얼마가 나오든 용식에게 빨리 가고 싶었다. '택시를 탈 거면 앱을 이용해 부르고 숙소 앞에서 기다리면 될걸.' 지우는 머릿속이 하얘져 그런 생각이 뒤늦게야 들었다.

지우의 머릿속에 용식과 보낸 많은 시간이 빠르게 스쳐갔다. 그런데 아무리 되새겨도 용식에게 잘해준 것보다 못해준 게 훨씬 많은 것 같았다. 특히 최근 용식을 보살피지 못한 게 제일 미안했다. 결국 용식을 이렇게 만든 것도 자기 잘못 같았다. 지우는 한시라도 빨리 도착해 용식을 편안하게 해주고 싶었다. 그게…… 살아 있는 용식이 아니라 해도. 절대 그럴 리 없고 그러지 않기를 바랐지만 마음속에서는 이미 자신이 용식의 죽음을 받아들이고 있음을 알았다. 하지만 그전에 직접 눈으로 확인해야 했다.

'그래, 삶은 이야기와 다르지.'

정류소를 향해 뛰어가며 지우는 자조했다. 한때 '우리 같은 사람들에게 주어지는 이야기란 고작 이 정도'라고 냉소하다 '그럼 내가 조금이라도 이야기의 흐름을 바꿔보겠다'

마음먹고 여기 왔는데, 결국 자신에게 주어지는 결말이란 이런 거구나 싶어 가슴에 냉기가 돌았다. 실제로 지우는 〈내가 본 것〉을 시작하며 모두가 죽는 이야기를 쓰려고 했다. 그러다 공사 현장에서 많은 사람들이 하루하루 얼마나 악착같이, 얼마나 건강하게 살아가는지 보며 생각이 조금씩 바뀌었다. 시골의 두 딸을 생각하며 열심히 일하는 김씨 아저씨를 비롯해 부모님의 병원비를 대려 이곳에 왔다가 몸을 다친 진구 형처럼 어떻게든 살려고 하는, 살아내려고 하는 사람들을 보면 이상한 마음이 들었다. 그리고 어느새 지우는 '다 죽이는 것보다 더 어려운 건 결국 그 마음을 내려놓는 것'임을 깨달았다. 〈내가 본 것〉 마지막 화는 바로 그런 마음을 담아 끝낸 거였다. 그런데 삶은 지우가 생각하는 것처럼 그렇게 호락호락하지 않았다. 지우가 누군가를 살리는 이야기를 쓴 순간 삶은 가차없이 지우에게서 가장 소중한 존재를 데려가버렸다. 사실 이전에도 지우는 종종 반 친구들의 SNS 계정을 보며 자신이 아무리 이야기를 지어낸들 '진짜 삶'을 사는 이들은 따로 있는 것 같다고 생각했다. 그런 건 생활이 윤택한 집 아이들, 말 그대로 영화나 만화 주인공들에게나 주어지는 삶 같다고. 떠나고, 모험하고, 성장하고, 변화하는 인물들에게. 세상의 주인공들에게. 지우는 그렇게 '자기 선'을 가진 아이들이 내심 부러웠다. 그림드림 카페 회원들이 '요새는 자기 서사, 자기 스토리가 있어야 살아남는다' 했을 때의 그 선, 이동의 경로를 가진 친구들이. 자신은 지상에 박힌 압정처럼 하나의 점으로 가까스로 존재하는데, '서사 그래프'에 나오는 그 약동하는 선을 가진 이들이 부러웠다. '아니야, 그래도 나는 내 식대로 이 이야기를 끝낼 거야'라며 용기 냈는데 모든 게 소용없다 싶었다.

정류소 너머로 어둠 속 대형 아파트 단지 건설 현장의 실루엣이 보였다. 허공으로 불쑥 솟은 여러 개의 골리앗 크레인이 오늘따라 더 웅장하고 황량해 보였다. 지우는 현장에서 일하며 자신도 그런 수많은 기계 부품 중 하나라고 느꼈다. 수많은 인부들이 모두 같은 옷을 입고 같은 안전모를 쓰고 있어 더 그랬다. 그럼에도 그 압도적인 허무를 견딜 수 있었던 건 모두 용식 덕분이었다. '내게는 책임져야 할 존재가 있다'는, 그리고 '돌아갈 곳이 있다'는 사실이 지우를 버티게 했다. 그런데 이제는 그것마저 사라져 지우는 어쩔 줄을 몰랐다. 그저 온몸이 떨리고 숨이 가빠오면서 결국 눈물이 흘러내리고 말았다.

지우는 숨을 헐떡이며 횡단보도 앞에 섰다. 무척 긴데다 평소 신호등이 잘 안 바뀌기로 유명한 횡단보도였다. 지우는 초조해하며 주위를 빠르게 둘러봤다. 어둠 속 텅 빈 도로 위로 가로등 불빛이 조용히 드리워져 있었다. 지우가 빨간 등을 보고 망설이다 도로를 향해 과감히 걸음을 내디뎠다. 동시에 대형 화물 트럭 한 대가 이쪽으로 달려오는 모습이 보였다. 지우는 잠시 멈춰 서서 트럭이 지나가길 기다렸다가 다시 도로 양옆을 살핀 뒤 맞은편 보도를 향해 뛰기 시작했다. 그런데 건너편 보도에 거의 도착한 순간 오토바이 한 대가 굉음을 내며 달려오다 지우 앞에서 급커브를 하며 보도 쪽으로 고꾸라졌다. 지우는 눈앞에 뭔가 아슬하게 지나가는 걸 보고 호흡이 가빠졌다. 지우는 정신을 차리려고 애쓰며 헬멧 쓴 청년이 몸을 웅크린 채 신음하는 걸 바라봤다. '많이 다친 걸까? 어떡하지?' 지우는 가슴이 심하게 요동쳤다. 지우가 조심스레 청년에게 다가서려던 순간 청년이 "아이씨!" 하고 헬멧을 벗었다. 청년의 짜증 어린 얼굴을 보고 지우는 작게 안도했다. 가만 보니 부상이 심하지는 않은 듯했다. 청년은 자리에서 일어나 두 손을 거칠게 턴 뒤 한쪽 다리를 절며 지우에게 다가왔다. 화가 나서 따지러 오는 모양새였다. 순간 지우는 갈등했다. '저 형이 나를 붙들고 합

의라도 하려고 들면 늦을 텐데. 어, 안 되는데. 지금 빨리 용식이에게 가봐야 하는데.' 지우는 오만상을 찌푸리며 자신에게 다가오는 청년을 보고 머뭇대다 결국 빠르게 도망치기시작했다. 그 모습을 본 청년이 고함쳤다.

—저 새끼 잡아요! 뺑소니예요. 쟤 좀 잡아주세요!

저멀리 있던 성인 남성 두 명이 그 소리를 듣고는 지우 앞을 가로막더니 결박하듯 지우를 붙잡았다. 지우는 울며 사정했다.

—아저씨들, 이거 놔주세요. 죄송한데 제가 어디 급하게 가봐야 해요. 아저씨, 저 가야 해요. 제발 이 손 놓으세요. 보내달라고요. 보내달라고! 씨발!

24

새벽녘, K시 한 파출소에서 보호자를 기다리다 잠든 지우는 낯선 기척에 눈을 떴다. 그러곤 딱딱한 의자에 앉아 누군가 막 몸에 바깥바람을 묻히고 온 걸 감지했다. 그 사람이 한자리에 서서 계속 자신을 바라보고 있었다는 것도. 어찌 된 일인지 배달 기사는 온데간데없고 선호 아저씨 혼자 조용히 자리를 지키고 있었다.

지우는 선호 아저씨가 파출소 사람에게 머리를 조아리며 무언가 설명하고 약속하는 모습을 지켜봤다. 그러곤 얼마 뒤 아저씨를 따라 파출소를 빠져나왔다. 왠지 면목없는 마음에 되레 화가 난 표정을 하고서였다. 두 사람은 어둡고 낯선 길을 한참 걷다 건축자재가 쌓인 어느 공터 앞에 섰다. 공터에는 크고 작은 트럭 몇 대가 드문드문 주차돼 있었다. 지우는 아저씨의 도움을 받아 흰색 화물 트럭에 올랐다. 차문과 이어진 철제 계단만도 어른 허리 높이라 손잡이를 잡고 위로 오를 때 작게 기합을 줘야 했다. 지우는 조수석에 앉자마자 표 안 나게 주위를 흘깃거렸다. 종종 얘기로만 접했지 실제로 이 차에 오른 건 처음이었다.

'엄마는 몇 번 타봤겠지? 언젠가 여기서 도시락도 나눠 먹고 어느 먼 도시에 가본 적도 있다 했으니까⋯⋯'

지우의 시선이 어느새 운전석 뒤 침대칸과 잡다한 살림살이에 가닿았다. 누비이불이며 정체 모를 약봉지, 검정색 배낭 따위가 눈에 띄었다. 아저씨는 저 배낭에 짐을 꾸려 집을 나가면 보통 사나흘 뒤에 돌아오곤 했다. 언젠가 아저씨는 '콜 대기 타며 시간 죽이는 것도 지겹고 장거리 운전도 고된데, 실은 길 위에 종일 혼자 있는 게 제일 힘들다'며 지나가듯 중얼댔었다. 평소 말수 적고 불평을 잘 안 하는 사람이 한 얘기라 더 기억에 남은 말이었다. 잠시 후 선호 아저씨가 운전석에 능숙하게 올라탔다. 그러곤 지우에게 "졸리면 저 뒤에서 눈 좀 붙여"라 권했다. 지우는 조용히 고개 저었다.

이윽고 아저씨가 차에 시동을 걸자 십여 년간 아저씨와 함께 전국을 누빈 이십오 톤 화물 트럭이 거대한 엔진소리를 내며 부르르 몸을 떨었다.

두 사람은 말없이 새벽 고속도로를 달렸다. 아직 동트기 전이라 주위가 어둑했다. 가로등 불빛과 자동차 전조등 사이로 싸락눈이 희끗희끗 스쳐지나갔다.

'눈송이……'

지우가 속으로 혼잣말을 했다. 언젠가 작문 시간에 제출한 글이 떠올라서였다.

'가난이란…… 하늘에서 떨어지는 작은 눈송이 하나에도 머리통이 깨지는 것. 작은 사건이 큰 재난이 되는 것. 복구가 잘 안 되는 것……'

그러자 실제로 항상 두통에 시달렸던 엄마 얼굴이 떠올랐다. 그날 작문 시간에 나른하게 책상에 엎드려 있다 문득 고개 돌리던 소리 모습도. 그때만 해도 소리와 이렇게 이어질 줄 몰랐는데…… 불과 일 년도 지나지 않은 오늘 지우는 엄마를 잃고, 용식을 떠나보내고, 선호 아저씨와 생전 처음 와본 동네의 어두운 고속도로를 함께 달리고 있었다. 모두…… 거짓말 같았다.

─죄송해요.

어색한 침묵을 깨고 지우가 먼저 입을 열었다.

─뭐가?

운전대를 잡은 선호가 무심함을 가장했다. 하늘에서 떨어진 눈송이가 차창 유리에 닿자마자 바로 녹아내렸다. 그 위로 다른 눈송이와 또다른 눈송이가 연이어 착지한 뒤 금세 사라졌다.

─생각나는 사람이 아저씨밖에 없었어요.

선호가 말없이 정면을 봤다.

─배는 안 고파?

지우가 고개를 끄덕이자 선호가 콘솔 박스를 가리키며 "여기 껌이랑 사탕 있으니 필요하면 꺼내 먹어"라 했다. 지우의 시선이 운전대 위 선호의 투박한 손에 가닿았다. 굵고 거친 손가락 마디마다 굳은살 같은 게 박여 있었다. 어쩌면 운전석 뒤의 약봉지도 그와 관련된 것일지 몰랐다. 지우는 어쩔 수 없이 오래전 아저씨가 회사 대표의 지시로 바닥에 '엎드려뻗친' 일을 떠올렸다. 그 회사에서 가까운 동료를 잃고 법원을 자주 들락거린 일도. 선호가 문득 지우의 시선을 느끼고 두 눈을 깜빡였다.

―왜?

지우가 고개 돌려 창밖을 봤다.

―아니에요.

하늘의 눈발이 더 강해졌다. 선호가 와이퍼로 앞유리를 닦았다. 지우는 아저씨가 자신에게 왜 아무것도 묻지 않는지 궁금했다. 그런데 얼마 안 돼 선호가 입을 열었다.

―지우야.

―네.

―부탁 하나 해도 될까.

―……

―집에 가는 동안 나랑 게임 하나 하자.

지우가 두 눈을 빠르게 깜빡였다. 평소 아저씨랑 대화도 잘 안 하는 사이인데 갑자기 이게 무슨 말인가 싶어서였다. 지우의 이런 반응을 예상했는지 선호가 부드럽게 말을 이었다.

―왜 전에 네가 엄마한테 얘기한 거 있잖아. 개학 날 선생님이 알려줬다는.

지우가 부담스러운 표정을 숨기지 못했다. 아저씨가 말한 개학 날, 지우는 엄마와 저녁 식탁에 마주앉아 수다를 떨었다. 그날 학교에서 배운 신기한 자기소개법을 화제 삼아서

였다. 지우는 엄마에게 '담임선생님이 좀 재밌는 분 같다'고
했다. 그때 거실에서 티브이를 보는 척하며 그 이야기를 엿
들은 선호는 '요즘에는 자기소개도 참 특이하게 하네. 우리
때랑 정말 다르다' 생각했다.

　—거 있잖아, 무슨 거짓말 어쩌고 하는……

지우가 기억을 더듬다 목소리를 높였다.

　—아, '이중 하나는 거짓말'이요?

　—어, 그거.

　—갑자기 그건 왜요?

선호가 짐짓 피로를 가장했다.

　—어제 잠을 잘 못 자서.

백 프로 거짓말은 아니었다. 선호는 지우가 집을 나가고부
터 계속 잠을 설쳤다. 보다 정확하게 말하면 지연이 세상을
떠나고부터. 지우가 그런 것처럼 선호도 스스로에게, 그리
고 지연에게 무수한 질문을 던지느라 그랬다. 선호는 지우
에게 '아저씨가 졸음운전 하다 혹 사고 날지 모르니 네가 나
를 좀 도와달라' 했다. 누구든 거절하기 어려운 부탁이었다.

　—그런데 그거 어떻게 하는 거였지?

지우가 마지못해 게임 규칙을 더듬더듬 설명했다. 선호는
지우 말에 가만 귀기울였다.

―그러니까 다섯 개 중 네 개는 진실을 말하고, 나머지 하나는 반드시 거짓으로 꾸며야 한다는 거지?

―네.

―그게 다야?

지우가 고개를 끄덕였다. 선호가 밝은 표정을 지었다.

―그럼 내가 먼저 시작할게.

얼결에 게임에 참여하게 된 지우가 당황하는 사이 선호가 먼저 말문을 열었다.

―나는 어릴 때 아버지에게 맞고 자랐다.

담담한 목소리였다. 그렇지만 지우는 위화감을 느꼈다. 아저씨의 말이 참인지 거짓인지 모르겠는데도 그랬다. 상대가 불쑥 어떤 선을 침범한 기분이었다. 자기소개에 쓸 수 있는 수많은 정보 중 아저씨가 굳이 왜 그런 화제를 꺼냈는지 알 수 없었다. 하지만 선호의 다음 말은 지우를 더 놀라게 했다.

―나는 아버지가 일찍 죽어 다행이라 생각한 적이 있다.

―……

지우는 게임에 동참한 걸 점점 후회했다. 아저씨가 하는 말이 부담스럽거나 극적이어서만은 아니었다. 왠지…… 진실일 것 같아서였다. 대체 누가 저런 걸 거짓으로 꾸며낸단 말인가.

'지금이라도 그만하자 할까?'

지우가 갈등하는 사이 선호가 말을 이었다.

—나는 직장에서 잘리지 않으려고 동료를 배반한 적이
있다.

'거짓.'

지우가 처음으로 아저씨의 말이 거짓임을 확신했다. 그
일화만큼은 엄마에게 여러 번 들어 알고 있어서였다. 그때
마다 엄마는 아저씨가 얼마나 괜찮은 사람인지 강조하곤 했
다. 동시에 지우는 지금까지 아저씨가 한 말이 왜 그렇게 불
편하게 다가왔는지 깨달았다. 이 게임의 목적은 얼핏 '거짓
가려내기' 같지만 실제로 이 게임에서 중요한 건 '누구나 들
어도 좋을' '아무에게나 말해도 되는' 진실만 말하는 거였
다. 당연했다. 누구도 초면에 무거운 비밀을 털어놓지는 않
으니까. 만약 그런 사람이 있다면 피하는 게 상책이란 걸 어
린 지우조차 알고 있었다. 그렇지만 선호는 지우의 반응 따
위 아랑곳 않고 다음 말을 이어나갔다.

—나는 너희 엄마를 진심으로 사랑했다.

—……

지우는 미동조차 하지 않았다. 선호는 운전대를 잡은 채

차분히 정면을 응시했다. 잠시 후 선호가 다섯 개의 자기소
개 문장 중 마지막 말을 내뱉었다.

―나는 너랑 살게 돼 기쁘다.

―……

선호가 지우에게 생각할 시간을 주듯 잠시 침묵한 뒤 입
을 열었다.

―이중 뭐가 거짓 같아?

지우가 대답 대신 제 앞에 겹겹이 쌓인 종이컵을 바라봤
다. 컵 안쪽에 아저씨의 잇자국과 믹스커피 자국이 보였다.
아저씨는 저걸 하루에 다섯 잔 이상 마신다 했다. 잠시 후
지우가 거의 기어들어가는 목소리로 답했다.

―마지막 거요.

선호는 그럴 줄 알았다는 듯 싱겁고 서글픈 미소를 지었
다. 그러곤 자신이 낼 수 있는 가장 어른스럽고 침착한 목소
리로 답했다.

―규칙을 어겨 미안한데, 지금 내가 한 말 중 거짓은 없어.

―……

―최근 꿈속에서 지연이랑 약속했어. 나중에 다시 만나기
로. 언젠가 그렇게 네 엄마와 마주했을 때 떳떳하고 싶어.

―……

—그러니 부탁인데 지우야.

—……

—나를 떠나지 말고, 나를 버려라.

맞은편 어둠 속에서 대형 화물 트럭 한 대가 두 사람의 얼굴을 밝게 비춘 뒤 빠른 속도로 사라졌다. 주위의 눈발이 더 강해졌다. 여러 눈송이가 차창에 붙어 섬세하고 기하학적인 무늬를 드러내고는 이내 녹아 없어졌다. 그걸 보자 지우는 사방에서 내리는 눈송이가 왠지 엄마의 목소리처럼 느껴졌다. 어떤 거짓은 용서해주고 어떤 진실은 조용히 승인해주는 작은 기척처럼.

—아저씨.

지우가 어렵게 말문을 열었다. 아저씨의 아버지는 어떤 사람이었는지, 어릴 때 그런 일을 겪으며 무섭고 외롭지 않았는지, 주위에 도와주는 어른은 없었는지 궁금한 게 많았지만 입이 잘 떨어지지 않았다. 게다가 어떤 이야기는 한 번에 몰아 들으면 안 될 것 같았다. 그래서 지우는 가까스로 다른 말을 찾아냈다.

—아저씨는 우리 엄마 만나면 제일 하고 싶은 게 뭐예요?

선호가 오래 고민할 것 없다는 듯 맥없이 웃었다.

—얘기.

—……

　—지연이랑 얘기하고 싶어. 밤새. 우리가 함께했던 일뿐
아니라 지연이가 없는 동안 일어난 일 모두. 그리고 아저씨
가 어릴 때 누군가와 무척 나누고 싶었지만 그러지 못한 말
들까지 다.

　—……

　—지연이가 생전에 차마 못하고 간 말들도 다 들어주고
싶어. 지연이가 그렇게 된 뒤로 그 생각을 가장 자주 해. 내
가 조금만 더 많이, 더 자주 지연이 이야기를 들어줬더라면
그런 일이 안 생겼을지도 모르겠다는……

　—……

　지우가 생각에 잠긴 얼굴로 주먹을 꽉 쥐었다. 지금 이 순
간도 엄마가 몹시 보고 싶었지만 그런 식으로 자기 곁을 떠
난 엄마를 아직은 용서할 수 없을 것 같았다. 남은 이들을
생각했다면 엄마는 정말 그러면 안 되는 거였다.

　—그리고 지우야. 얼마 전에 경찰서에서 연락이 왔는데,
엄마…… 말이야……

　—……

　—실족사 맞대.

　—……

―뒤늦게 목격자가 나왔다나봐.

―목격자요?

―응. 밤낚시꾼들이었다는데, 그분들이 엄마 목소리를 들었대.

―……

선호가 한동안 말을 잇지 못하자 지우 쪽에서 용기를 냈다.

―뭐라고요?

―……

―엄마가 뭐라고 했는데요?

선호가 한참 머뭇거리다 조용하게 대꾸했다.

―살려달라고.

지우가 놀란 눈으로 제 무릎을 바라봤다. 갑자기 숨이 막히며 눈앞이 흐려졌다.

―살려달라고 외쳤대, 지연이가.

지우의 손등으로 굵은 눈물이 툭 떨어졌다. 선호 또한 제 속의 무언가를 가까스로 누르며 지우에게 말했다.

―네가 오해할까봐 그러는데, 엄마는 너를 위해 나쁜 선택을 한 게 아니야. 그건 정말 사고였고 지연이는 살리려고 하다 실패한 거야.

―……

─그러니까 이제 집에 가자. 친구네서 용식이도 데려오고.

　　지우가 손등으로 쓱 눈물을 닦았다. 그러곤 '아저씨는 용식이가 어떻게 됐는지 아직 모르는구나' 생각했다. 선호가 지우에게 '이중 하나는 거짓말' 게임이 아직 끝나지 않은 걸 상기시키며 다시 공을 던졌다.

　　─이제 네 차례야.

　　멀리 겹겹의 산등성이 근처로 푸른빛과 분홍빛이 돌더니 주위가 차츰 밝아졌다. 지우는 소리네 집에 있을 용식을 떠올렸다. 돌아가면 제일 먼저 용식을 데려와 엄마 옆에 묻어줘야겠다고 다짐했다. 저멀리 산등성이 너머로 풍경이 서서히 밝아지는 걸 보며 지우는 어릴 때 엄마가 자주 읽어준 그림책 내용을 떠올렸다. 신이 하늘에 엄지로 침을 발라 빛을 만들어냈다는 이야기. 전부터 지우는 그 이야기를 다시 쓰고 싶었다. 하지만 어떤 식으로 고쳐야 할지 몰라 입으로 애꿎은 연필만 물어댔다. 어쩌면 앞으로도 영영 알 수 없어도 오늘 이 마음만은 잘 간직하자고 지우는 생각했다. 지우가 차창 밖 너른 하늘을 바라봤다. 지우는 그 위에 무언가 그려 넣고 싶은 충동을 느꼈다. 이를테면 몇 년 전 〈베리 베리 내 처지〉란 만화에 넣은 문장처럼, '뻐꾹뻐꾹'도 '소쩍소쩍'도 아닌 '벗 아이, 벗 아이But I, But I……' 하고 우는 새를. 첫 장면은 한 아이가 빈 종이에 새를 그리는 모습으로 시작하자고 생각했다. 그 아이는 아마 새를 무척 공들여 그릴 거다. 그러면 어김없이 누군가 다가와 한마디할 거다.

─개를 참 잘 그렸네.

그러면 지우는 그 아이가 상대를 똑바로 보며 이렇게 답하게끔 할 생각이었다.

─그렇죠? 개가 참 잘생겼죠?

─……

─그러니 이리 와 다시 한번 자세히 보세요. 이 개가 얼마나 잘생겼는지.

'하지만 삶은 이야기와 다를 테지. 언제고 성큼 다가와 우리의 뺨을 때릴 준비가 돼 있을 테지. 종이는 찢어지고 연필을 빼앗기는 일도 허다하겠지.' 누군가 집을 떠나 변해서 돌아오는 이야기, 지우는 그런 이야기를 많이 알았다. 하지만 그 결말을 잘 믿지는 않았다. 누군가 빛나는 재능으로 고향을 떠나는 이야기, 재능이 구원이 되는 이야기, 그런 이야기에 몰입하고 주인공을 응원하면서도 그게 자신의 이야기라 여기지는 않았다. 지우는 그보다 숱한 시행착오 끝에 자신이 그렇게 특별한 사람이 아님을 깨닫는 이야기, 그래도 괜찮음을 알려주는 이야기에 더 마음이 기울었다. 떠나기, 변하기, 돌아오기, 그리고 그사이 벌어지는 여러 성장들. 하지만 실제의 우리는 그냥 돌아갈 뿐이라고, 그리고 아주 긴 시간이 지나서야 당시 자기 안의 무언가가 미세히 변했음을 깨닫는지도 모른다고 생각했다. 우리 삶의 나침반 속 바늘이 미지의 자성을 향해 약하게 떨릴 때가 있는 것 같다고. 그런데 그런 것도 성장이라 부를 수 있을까? 시간이 무척 오래 걸리는데다 거의 표도 안 나는 그 정도의 변화도? 혹은 변화 없음도? 지우는 '그렇다'고 생각했다. 다만 거기에는 조금 다른 이름이 필요할지도 모르겠다고. 지우는 그 과정에서 겪을 실망과 모욕을 포함해 이 모든 걸 어딘가 남겨둬야겠다 생각했다. 그런 뒤 저쪽 세계에서 혼자 외롭고 두려운 시간을 보내고 있을 엄마와 용식에게 보여줘야겠다고 다짐했다. 오래전 엄마가 자신에게 늘 그래줬듯이. 활짝 펼친 그림책 앞에서 한 손으로 자신의 눈썹을 꾹 누르며 "빛이 나왔습니다" "낮이 생겼습니다"라고 해주었듯이. 아무리 같은 줄거리가 되풀이돼도 항상 새롭게 놀라는 척해주었듯이 말이다.

―아저씨.

　―응?

　―저 휴대전화 충전해도 돼요?

　―물론.

지우가 주머니에서 휴대전화를 꺼내 운전석 옆 충전기에 꽂았다. 잠시 후 불 꺼진 휴대전화에 빛이 들어오더니 이내 연달아 진동음이 울렸다. 지우가 문자창을 열어 메시지를 확인했다.

　―안지우, 이거 보면 연락 줄래. 묻고 싶은 게 있어.

지우가 발신자 이름을 한참 쳐다봤다. 반에서 한 번도 말을 섞어본 적 없는 채운이었다. 발송 시간을 보니 간밤 지우가 파출소에서 잠든 사이 보낸 메시지인 듯했다. 연이어 다른 문자가 도착한 게 보였다. 이번에는 소리였다.

　―지우야, 이거 보면 연락 줄래. 네게 줄 게 있어.

지우가 차창 밖으로 고개를 돌렸다. 눈발은 이제 약해져 천천히 떨어지고 있었다. 지우는 하늘에서 내리는 눈송이를 보며 언젠가 작문 시간에 국어 선생님이 읽어준 시의 한 구절을 떠올렸다. 비교적 짧은 시였는데도 다른 건 전혀 기억 안 나고 오직 한 문장만 또렷이 떠올랐다.

꿈에서 나는 돌아오지 않을 수도 있었지만 돌아왔다.

지우가 속으로 그 문장을 한번 더 되뇌었다. 동시에 한 손이 파르르 떨렸다. 평소에 연필을 쥐는 손이었다.

* 9쪽에 나오는 그림책은 브루스 왓슨의 『빛』(이수영 옮김, 삼천리, 2020)을 참고했습니다.
* 119쪽에 나오는 학술 도서의 문장은 캐시 A. 말키오디의 『학대받은 아동을 위한 미술치료』(이재연·홍은주·이지현 옮김, 학지사, 2006) 속 문장을 변형했습니다.
* 235쪽에 나오는 시는 가브리엘라 미스트랄의 『밤은 엄마처럼 노래한다』(이루카 옮김, 아티초크, 2023) 속 문장을 변형했습니다.

작
가
의

말

이 소설을 쓰며 여러 번 헤맸고 많이 배웠습니다. 그 과정에서 잃은 것도 얻은 것도 있지만, 작가로서 이 인물들이 남은 삶을 모두 잘 헤쳐나가길 바라는 마음만은 변함이 없습니다. 삶은 비정하고 예측 못할 일투성이이나 그럼에도 우리에게 이야기가 있다는 사실에 감사한 시간이었습니다.

그동안 고생스레 제 원고를 기다려준 편집부에 감사 인사를 전합니다. 아름다운 표지를 작업해준 디자이너분을 비롯해 여러 감상을 전해주고 마음을 보태주신 문학동네 분들에게도요. 제 인생의 한 시기에 이 모든 분들을 한 번에 만날 수 있었던 건 행운이라 생각합니다. 특히 김내리, 이상술, 정민교, 염현숙 편집자님께 큰 도움을 받았습니다. 교정지 속 내용과 문장이 편집부의 손을 거쳐 합리적이고 타당한 동시에 경제적으로 변해가는 과정이 마치 제게는 높은 산에 올라 마침내 마주한 풍경처럼 쾌적하고 아름답게 다가왔습니다. 이 여름을 잊지 않겠습니다. 마지막으로 사랑하는 제 배우자에게도 깊은 존경과 감사의 마음을 전합니다. 그는 제가 작가가 된 이래 항상 최선의 조언과 지원을 해주었습니다. 그가 아니었다면 이 소설은 세상에 나올 수 없었을 겁니다.

삶은 가차없고 우리에게 계속 상처를 입힐 테지만 그럼에도 우리 모두 마지막에 좋은 이야기를 남기고, 의미 있는 이야기 속에 머물다 떠날 수 있었으면 좋겠습니다. 저도 노력하겠습니다.

2024년 늦여름

김애란

문학동네 장편소설
이중 하나는 거짓말
ⓒ 김애란 2024

초판인쇄 2024년 8월 12일
초판발행 2024년 8월 27일

지은이 김애란
책임편집 김내리 | 편집 정민교 이상술 염현숙
디자인 최윤미 이원경 | 저작권 박지영 형소진 최은진 오서영
마케팅 정민호 서지화 한민아 이민경 안남영 왕지경 정경주 김수인 김혜원 김하연 김예진
브랜딩 함유지 함근아 박민재 김희숙 이송이 박다솔 조다현 정승민 배진성
제작 강신은 김동욱 이순호 | 제작처 영신사

펴낸곳 (주)문학동네 | 펴낸이 김소영
출판등록 1993년 10월 22일 제2003-000045호
주소 10881 경기도 파주시 회동길 210
전자우편 editor@munhak.com | 대표전화 031) 955-8888 | 팩스 031) 955-8855
문의전화 031) 955-2696(마케팅) 031) 955-8864(편집)
문학동네카페 http://cafe.naver.com/mhdn
인스타그램 @munhakdongne | 트위터 @munhakdongne
북클럽문학동네 http://bookclubmunhak.com

ISBN 979-11-416-0130-0 03810

www.munhak.com